As **13** chaves

Dedico este livro a Cláudia Marques,
por ser a minha retaguarda todos esses anos.
E às mulheres que, com seu trabalho, permitiram
que eu me dedicasse à arte da escrita.

ELIANE GANEM

As 13 chaves

1ª edição

GALERA
—junior—
RIO DE JANEIRO

2015

CIP-BRASIL. CATALOGAÇÃO NA PUBLICAÇÃO
SINDICATO NACIONAL DOS EDITORES DE LIVROS, RJ

G188t Ganem, Eliane, 1947-
As 13 chaves / Eliane Ganem. – 1ª ed. – Rio de Janeiro:
Galera Record, 2015.

ISBN 978-85-01-03377-2

1. Ficção juvenil brasileira. I. Título.

14-10862
CDD: 028.5
CDU: 087.5

Copyright © 2014 Eliane Ganem

Todos os direitos reservados.Proibida a reprodução, no todo ou em parte, através de quaisquer meios. Os direitos morais do autor foram assegurados.

Texto revisado pelo novo Acordo Ortográfico da Língua Portuguesa.

Design de capa: Renata Vidal

Direitos exclusivos desta edição reservados pela
EDITORA RECORD LTDA.
Rua Argentina 171 – Rio de Janeiro, RJ – 20921-380 – Tel.: 2585-2000

Impresso no Brasil
ISBN 978-85-01-03377-2

Seja um leitor preferencial Record.
Cadastre-se e receba informações sobre
nossos lançamentos e nossas promoções.

Atendimento e venda direta ao leitor:
mdireto@record.com.br ou (21) 2585-2002.

I

MESMO QUE QUISESSE, dessa não escapou. Vieram Julieta e o marido, vieram os netos, o filho e a nora, veio também Nelson, o ex-marido agora mais amigo, veio um casal que o filho trouxe a tiracolo. Enfim, de repente o pequeno apartamento de dois quartos ficou abarrotado. Mas era sempre assim nessa época do ano. Uma quantidade enorme de turistas, vindos dos lugares mais distintos, chegava pro verão de Copacabana, pro sol causticante que descama as peles muito brancas e não perdoa nem mesmo as morenas douradas que desfilam pela orla com os seus maiôs biquiníssimos.

Copacabana, nessa última noite do ano, se fecha pra uma das festas mais glamorosas do planeta. O Rio sempre foi assim exuberante, não só na quantidade enorme de pessoas, das mais diferentes raças, que desfilam pela praia, mas também pela queima dos fogos que pipocam sobre o mar, por um longo período de tempo.

A mesa havia sido posta com todas as iguarias servidas no Natal. Em torno dela circulavam as crianças, enfiando sorrateiramente as mãos nos pratos, enquanto os adultos debruçavam na janela, tentando ver uma nesga da festa por entre os prédios. E dava pra ver o imenso mar de gente que ia e vinha dando a impressão de um circo montado em torno de um formigueiro. Pequenos malabaristas pulavam pra areia, enquanto outros permaneciam andando, rondando, em torno uns dos outros, em busca de nada.

Tide sorriu assim que sentou no sofá. Novamente Nelson contava suas experiências mirabolantes na Índia. Duvidava que ele realmente tivesse ido, tão acomodado estava em ficar trancado em casa olhando seu próprio umbigo. Chegou até a achar que o ex-marido estava mudado. Mais confiante, menos ranzinza, mais solidário. Talvez porque tivesse ajudado a colocar os pratos na mesa, logo ele, o típico machão de novela de TV, com aquele gesto que não era seu. Quem sabe está apaixonado, ela pensou enquanto detinha o olhar longamente no rosto do Nelson.

— Na Índia são mais de duzentos dialetos. Tentei falar com o meu inglês maltrapilho do Brasil, não me entendiam e nem eu a eles. Acabei falando com gestos, apontando as coisas que queria, falando em português mesmo. Sabe que deu certo? — riu. — Acho que eles estão tão acostumados a lidar com os duzentos dialetos que desenvolveram uma capacidade fantástica de entender por gestos.

— Mas, pai, me diz uma coisa — Rogério colocou Pedro no colo. — O sistema de castas ainda continua ou eles já mudaram?

— Bem, pelo pouco que consegui observar, o sistema continua, mas já há uma classe média no setor de serviços. A mulher continua ainda muito dependente do homem, mas tem algumas que já trabalham fora. O que quer dizer que algo está acontecendo por lá.

— Ah, mas esse negócio das mulheres serem oprimidas não muda rápido assim. Lá os homens fazem o que querem com as mulheres, e as leis os protegem.

— Bem, levou muito tempo pra mulher conquistar no Ocidente os direitos que conquistou. Lá deve levar mais um bom par de anos.

— No Brasil, isso já está bem mais tranquilo, pelo menos nas grandes cidades.

— Mas a opressão lá não se dá apenas sobre as mulheres — Nelson continuou. — O povo é muito massacrado. Muita gente pedindo esmola nas ruas, muita criança desnutrida. Mas o que mais me chocou foi a cena de um velho puxando um carro, desses do tipo burro sem rabo. Nunca vi ninguém puxando tamanho volume, e ele era muito velho. Aquilo me deprime até hoje.

— Coisa da sobrevivência em país do terceiro mundo. Aliás, devia nascer menos gente. Um pouco de planejamento familiar não ia fazer mal a ninguém. A qualidade de vida cai muito quando tem uma população muito grande.

— Agora, confesso, o que mais gostei lá, além do Taj Mahal, de Agra, a cidade vermelha, e de Jaipur, todas essas cidades com imensas mesquitas e mosteiros maravilhosos, foram os elefantes.

— Não vai me dizer que você andou de elefante! — Tide riu imaginando o estrago. Olhando de longe talvez não se soubesse se o elefante estaria em cima ou embaixo — riu daquela pequena maldade do seu pensamento.

— Claro que andei. Eles são lindos, dóceis e caminham lentamente com uma elegância que vale a pena...

A noite continuou nesse clima ameno de festa, de fechamento de ano, de novidades que se foram, mas que ainda eram motivo de uma boa conversa. Julieta brincava distraidamente com as bolas da árvore de Natal. Nelson se sentia bem ali, talvez porque trouxesse ainda na memória o jantar na casa dos amigos indianos, cujos costumes pareciam agora bem distantes.

O casal de amigos do Rogério, Roberta e Zé Carlos, pareciam ambos da família, mesmo que não tivessem os mesmos traços finos de Tide e nem os olhos claros do Nelson. Havia neles a mesma brasilidade que havia no resto da sala, essa coisa misturada e diversa, um pouco na pele morena, um pouco no olhar, na ginga, na forma solta de rir e gargalhar. Roberta tinha o frescor de uma beleza sólida que a tornava excepcionalmente bonita. Tide reparou que era bom olhar pra ela. Zé Carlos era mais carrancudo, mais austero. Era da polícia federal e fazia parte da inteligência que investigava crimes pela internet.

— E vocês, têm filhos? — Julieta perguntou a Roberta exatamente no momento em que Tide trazia um prato de rabanada pra sala. Sentiu um frio na espinha, como se soubesse que Julieta não devia perguntar aquilo. Olhou pro filho, que permanecia estático na janela. Roberta não respondeu. Zé Carlos pegou um prato pequeno, colocou rabanada e começou do nada a contar uma antiga piada que todos já conheciam. Por isso as risadas foram fracas, enquanto Roberta saía da sala direto pro banheiro. Mais tarde Tide ficou sabendo que o filho dos dois estava desaparecido, talvez por isso Zé Carlos tivesse pedido pros seus superiores pra ser colocado no seu atual serviço.

Um pouco antes da meia-noite desceram todos em direção à praia. Tide lembrou das vezes em que havia colocado flores pra Iemanjá. Mas dessa vez era impraticável. Nem mesmo o mar favorecia, entulhado dos barcos que deveriam queimar os fogos acima das cabeças, longe dos prováveis prejuízos que as cabeças sofreriam se os fogos explodissem na areia.

Logo que chegaram na orla, um casal de peruanos esticava uma colcha de mercadorias aos pés dos que passavam, alheios à grande massa que tropeçava nas inúmeras quinquilharias que eles ofereciam. Tide pegou uma bolsa que a mulher esticava pra ela. Era uma linda bolsa de lhama, absolutamente branca, com pequenos rajados de cinza levemente sutis. Ficou um tempo olhando a bolsa, olhando o olhar dos que passavam e se chocavam com o dela, olhando o rosto da mulher que esperava paciente que ela se decidisse, olhando o homem que estava com a mulher, ele também na expectativa... até que Nelson tirou do bolso uma nota e comprou a bolsa, dizendo carinhosamente:

— Uma lembrança do seu ex-marido! Que este novo ano seja repleto de magia, amor e muita aventura, que é o que você mais gosta.

Ela sorriu agradecida, beijou o rosto do Nelson e colocou a bolsa a tiracolo. Feliz, olhava e pensava como a bolsa tinha sido barata perto do trabalho precioso da trama, o jeito único de mesclar as cores formando os desenhos dos animais. Os netos esperavam que os avós descessem pelos degraus perto do quiosque. Mas, exatamente no instante em que Tide levantava o pé esquerdo na direção do primeiro degrau, alguém a empurrou com força. Caiu estatelada na areia, ainda sem saber o que havia acontecido. Uma quantidade enorme de gente corria. A polícia havia prendido, num só golpe, o casal peruano, recolhendo e jogando pra dentro da viatura todo o material que eles carregavam. Os dois algemados falavam, aturdidos, berrando quase, dizendo que aquilo era um equívoco e que eles tinham visto permanente no Brasil.

Nelson e Tide chegaram na beira da água, perto do filho, dos netos e, assustados, todos apontavam a viatura correndo levianamente por entre o mar de gente que abria espaço, alvoroçada. Ela sentia ainda o joelho que tinha fincado para amortecer o peso. Mas os fogos começaram a pipocar, nesse instante, fazendo com que a atenção se deslocasse pras luzes intensas que estouravam. Felizes, agora apontavam o céu. Pedrinho também apontava, sem saber exatamente o quê, mas ria fascinado, percebendo que o mundo continha segredos fantásticos. Bruno, o irmão mais velho, enchia bolas de soprar com água do mar, espargindo, sem se importar, as bolas inchadas, que volteavam nervosas pelo ar, molhando os que estavam por perto. Nelson brigava com ele, Rogério puxava o filho, que destemidamente se soltava com os olhos repletos de ironia. Tide finalmente conseguiu recolher as bolas e deu um beijo no neto, como se dissesse, agora elas são minhas.

Aquela noite foi muito agradável. Todos voltaram pra casa por volta de uma da manhã e se serviram de um belo assado regado a vinho. Nelson foi embora, morava ali perto. Mas todos os outros dormiram por ali mesmo, que sair de Copacabana nessa madrugada seria uma total falta de juízo. O bairro todo tinha sido fechado e só abriria de manhã. Então, cada um foi se aconchegando num canto, cada um tentando de um jeito ou de outro encontrar certo conforto no pequeno espaço que dispunham pra um reconfortante cochilo.

II

O SOL CAÍA SEM PENA QUANDO Tide acordou. Olhou em volta e percebeu que era a primeira a acordar apesar de ter sido a única a dormir no conforto. O colchão era quase novo, por isso as dores na coluna haviam praticamente cessado. Achou o cúmulo não ter percebido que o tobogã antigo, onde havia dormido por mais de dez anos, era o maior responsável pelo estado precário da sua lombar. É claro que havia uma osteopenia, que ela tratava, é claro que havia uma idade que facilitava as dores, mas havia também uma certa dose de descaso por si mesma, que ela não suportava mais.

Fez o café, fez o chá, colocou o leite pra ferver. Sabia que não precisava ferver mais nada, mas ainda conservava a memória da casa no Maranhão, o leite do curral tirado e fervido, a mãe fazendo doce de leite azedo, pra aproveitar o mais antigo. Nem bem colocou a mesa, todos acordaram. Pareciam movidos a cheiro. Certamente o cheiro do café com leite foi o principal motivo.

— Bom dia! — a nora acordou trazendo nos braços o filho pequeno.

— Bom dia, querida! Dormiu bem?

— Mais ou menos... fiquei até tarde conversando com a Roberta e perdi o sono.

— Então a conversa estava animada...

— Mais ou menos...

— Bom dia! — Rogério entrou na sala abraçado com a tia.

— Bom dia, meu filho! Bom dia, Julieta. E Onofre, já acordou?

— Há muito tempo! Ele acorda cedo, quase de madrugada. Já saiu pra comprar o jornal.

— Ah, mas não precisa. Seu Olegário viajou e posso pegar o jornal dele, no corredor.

— Agora Onofre já foi!

— Bem, paciência! — Tide olhou a irmã por debaixo das pálpebras e calou.

O café da manhã pareceu agitado. Não havia uma harmonia, aquela harmonia oculta que se percebe quando todos estão em sintonia. Havia algo dissonante ali, talvez porque Roberta e Zé Carlos trouxessem com eles uma história que seria melhor não conhecer de todo. Talvez os dois netos estivessem oprimidos dentro de um apê tão pequeno com tanta gente. Sem saber ao certo,

Tide olhava devagar pra cada um, procurando quem sabe uma resposta pra ansiedade que tomava conta do seu ser.

Um prato de rabanada quentinha estava sobre a mesa, assim como a lata dos biscoitinhos de nata, o açúcar mascavo, o açúcar demerara, o pote de mel, o chá verde, o bolo de fubá, o pão integral que Tide fazia todas as manhãs na panificadora pequena que tinha em casa, a manteiga caseira, o queijo mineiro que ela encomendava e comprava de um amigo e mais os ovos mexidos, de gema vermelha, completamente caipiras. Tão caipiras que a galinha certamente ainda botava ovo no ninho em cima do poleiro. Por isso, tudo estava muito gostoso, ainda mantinha aquele gosto de comida de verdade, que o pessoal de hoje quase não conhece.

— Nossa, que café gostoso! — Zé estalou a língua quando sorveu vagarosamente a tinta preta que pintava o ar com o cheiro dos deuses.

— É de Minas. Compro junto com o queijo que um amigo nosso, meu e do Nelson, traz pra gente. É lá da fazenda dele. Ah, os ovos também.

Roberta alisou o cabelo com as mãos e, sem tirar os olhos da xícara, deu uma longa mordida no pão.

— É caseiro? — perguntou, referindo-se ao pão.

— Fiz agora. Saiu daquela máquina pequena que você está vendo ali. Integral e caseiro.

— Uma delícia. Tá quentinho. Amor, você provou? — e colocou um pedaço do pão na boca do marido.

Nesse instante o telefone tocou. Tide levantou, atendeu, mas quando disse alô o outro lado silenciou. Um som oco a fez estremecer. A ligação caiu e ela voltou pra mesa acariciando o próprio braço e olhando pro teto, tentando se fixar em alguma coisa que havia passado quase despercebida. Talvez um longo suspiro interrompido do outro lado, um chiado, um bocejo.

— Quem era? — Rogério perguntou.

— Engano! Alguém que se enganou e desligou...

No correr do dia, todos foram embora. Apenas Pedrinho resolveu ficar mais um dia com a vó. Como ele adorava biscoitos de nata, Tide resolveu colocar mais uma leva no forno e sentou, cansada, disposta a brincar com o neto. Até que os dois dormiram. Ele com a cabeça deitada no braço de Tide, e ela totalmente esborrachada no sofá.

Quando acordou, levou o neto pra deitar na cama do quarto de hóspedes e deitou na sua própria cama, olhando o teto. Pegou a bolsa peruana sobre a mesinha de cabeceira e ficou olhando detidamente os pontos, que não eram nem de tricô, nem de crochê, nem de qualquer coisa que ela conhecia. Era uma espécie de ponto de cruz sem ser de cruz, uma técnica milenar de entrelaçar a agulha e a linha de uma forma que ela desconhecia. Será que era tear ou era à mão, aquela coisa miúda e extremamente bem-feita que lançava em seus olhos uma curiosidade ancestral? Abriu a bolsa pra olhar por dentro. De repente, percebeu que havia alguma coisa costurada ali. Uma saliência que não era de nenhum ponto mal dado. Puxou e virou do avesso. Ali estava. Era uma trouxinha de pano pequena, muito bem costurada. Levantou, pegou a tesourinha na caixa de costura e cuidadosamente soltou o pequeno embrulho do resto da bolsa. Abriu. Era uma chave.

— Mas o que uma chave está fazendo aqui!? — Tide exclamou enquanto passava a mão no telefone e ligava pro Nelson.

III

OS DOIS FORAM DAR UMA VOLTA na praia, aproveitando a manhã pro Pedro experimentar a bicicleta que havia ganhado no Natal.

Quando voltaram, Rogério estava na portaria esperando por eles.

— Oi, mãe, que história é essa de chave?

— Bom dia, meu filho, passou bem a noite?

— Claro. Se bem que acordei com meu pai dizendo que você ligou pra ele por causa de uma chave escondida na bolsa que ele te deu...

— É verdade.

— Ah, meu Deus, lá vem você com as suas histórias.

— Você é que não começa, tá? — Tide acionou o botão do elevador e olhou pro Severino, o porteiro.

No elevador, ela retirou a chave de dentro do bolso e entregou pro filho.

— É esta a chave.

Rogério examinou e chegou à conclusão de que era uma chave comum, talvez um pouco pequena. Então, continuou:

— Quando você começa com essas histórias esquisitas significa que lá vem encrenca.

— Que encrenca? Botam uma chave numa bolsa que o seu pai dá pra mim...

— Que ele comprou na minha frente, Dona Judith!

— Não me chama de Dona Judith, que eu não gosto...

— Sei, agora me conta como foi que achou isso dentro da bolsa.

— Quando peguei a bolsa senti um volume estranho por dentro, virei do avesso e vi que tinha uma bolsinha pregada. Cortei a bolsinha e dentro tinha essa chave.

— Mas quem é que ia meter uma chave numa bolsa nova?

— E eu que sei?

— Sabe quantas bolsas a minha mulher comprou no ano passado?

— Não sei e não quero saber.

— Três! Perguntei pra ela antes de sair de casa. Três! Sabe quantas chaves ela encontrou dentro das bolsas?

— Sei...

— Quantas? — Rogério olhava pra ela desafiante.

— Nenhuma! — Tide exclamou. O elevador chegou, e eles saíram pro corredor em direção à porta do apartamento.

— Bem, inteligente você é. Agora, me faz um favor, porque eu não quero mais me meter nas suas encrencas. Joga essa coisa fora — Rogério acenava com a chave acima do próprio nariz — e esquece tudo. Não se mete em mais nada, por favor. Tenho a impressão de que todos os bandidos da zona sul do Rio querem te usar de avião. Descobriram que você é um prato cheio!!!!! — Rogério gritava de acordo com o tamanho do receio de que aquilo que estava dizendo fosse verdade.

— Não grita comigo, menino, sou sua mãe — Tide pegou a chave e a colocou de volta no bolso.

— Mãe, presta atenção, você já foi sequestrada, escapou por um triz da mão dos traficantes, se meteu com a Interpol, foi procurada um tempão pela polícia e pelos bandidos. E ainda por cima me botou maluco tentando te ajudar. Lembra?

Tide fez que sim com a cabeça.

— Lembra da manchete nos jornais? *Velha Controla Bando de Traficantes na Baixada*?

— E o pior é ser chamada de velha! Podia pelo menos ser *Idosa Controla Bando*, não acha? Fica mais elegante, mais politicamente correto.

Rogério não acreditava no que estava ouvindo. Parou, suspirou e depois prosseguiu:

— Preciso trabalhar em paz, meus filhos precisam de mim. Pois fique sabendo que se você se meter em encrenca outra vez, não vou te ajudar. Tá entendendo?

— Tô!

Entraram no apartamento.

— Muito bem! Vou levar Pedro comigo...

— Mas ele não ia ficar mais um dia?

— Ia, isso é pra você perceber que tenho medo de deixar as crianças sozinhas com você.

— Ora, você não sabe o que está dizendo. Nunca coloquei em risco a vida dos meus netos.

— Não interessa. Tô saindo. Vamos, Pedrinho? — O menino pegou a mochila pequena que estava no sofá e pulou no colo do pai, dizendo:

— Vovó é boa...

Rogério riu e abraçou a mãe.

— Eu sei que ela é boa, mas é boba também — Rogério pegou a bicicleta pequena na outra mão e abriu a porta de casa.

Tide abraçou o neto com carinho e deu um beijo no filho. Caminhou com os dois pelo corredor e, já na porta do elevador, perguntou:

— Você acha que o seu pai colocou a chave dentro da bolsa só pra mexer comigo?

— Ah... mãe, dá um tempo! — Rogério olhou pra ela sem saber o que dizer e desceu com o filho o mais depressa que pôde.

O telefone tocou, Tide atendeu já com receio de que fosse aquele mesmo alguém sem fala. Era Roberta.

— Desculpe, Dona Judith, mas acho que deixei meus óculos escuros no quarto verde.

— Ah, o quarto de hóspedes?

— É, esse mesmo. A senhora achou?

— Não sei, vou ver, espera um pouco. — Tide deixou o telefone sobre a mesa e foi procurar os óculos.

Quando entrou no quarto sentiu que havia algo estranho, mas não sabia exatamente o quê. Foi quando percebeu um sapato atrás da cortina. O sapato se mexeu levemente, Tide arregalou os olhos e, quando se voltou pra correr, um imenso par de ombros bloqueou seus passos.

— Quieta, mulher, onde pensa que vai...?

O outro homem saiu de trás da cortina, e os dois a arrastaram até a sala.

— Que falta de imaginação ficar escondido atrás de cortina. Isso é clichê de filme de suspense, não acha? — Tide esperneava no ar.

— Cala a boca, tia. Onde tá a chave?

Foi então que ela se lembrou de Roberta e do telefone.

— Sou surda, precisam falar alto pra que eu possa ouvir! — E berrou: — O que querem de mim?

Os dois se entreolharam e começaram a falar com ela em tom elevado:

— Queremos a chave que estava na bolsa.

— Que bolsa?

— Ora bolas, a bolsa que você comprou no calçadão na noite de Ano-Novo.

— Não sei de chave nenhuma.

— Sabe, sim... a bolsa está vazia, o que significa que você pegou a chave.

— Que chave, vocês estão malucos? — Tide sentia bem forte a chave roçando no bolso de trás da sua calça de brim. Sequer respirava.

— É bom parar de brincar com a gente, sabemos que está com a chave.

— Como é a tal chave? — Tide berrou.

— Ora, uma chave...

— Ela abre o quê?

— Porta, cofre, qualquer coisa... o que importa?

— O que importa — o outro se adiantou — é que a chave veio dentro daquela bolsa que você comprou e precisamos dela.

— Mas quem é que ia vender uma bolsa com uma chave tão valiosa?

— Não interessa! Cadê a chave!!!! — e deu um safanão na Tide, que acabou caindo no sofá quase desmaiada. Roberta gritava do outro lado do telefone. Os homens, nesse instante, se deram conta de que não estavam sozinhos. Um deles colocou o fone no gancho enquanto o outro olhava atônito pra todos os lados. Começaram uma busca insana, arrancando gavetas e espalhando pelo chão tudo aquilo que encontravam, procurando pelo pequeno objeto. O celular de um deles tocou.

— Não, nada da chave! — ele respondeu. A gente leva a velha junto? OK. Tá certo! Estamos indo! — E virou-se pra Tide: — Você tem sorte, sua maluca. Chamaram a gente de volta. Se não tem porta, pra que precisamos de chave, não é mesmo? Ei, Santuário, querem que a gente volte. A porta dançou.

O tal do Santuário, o homem que antes estava atrás da cortina, olhando pelo vão da pestana, não parecia gente fina. Parecia mais um rottweiler, aqueles cães de guarda que espumam quando são importunados. Ele olhou pra Tide, sorrindo, se é que um rottweiler pode sorrir, e disse:

— Me aguarde, sua idiota. A gente volta com kit enema, e aí é que a vida vai ficar cor-de-rosa pra você...
— E chegou bem perto: — Já pensou a chave saindo desse jeito?

— E você acha que engoli a chave, seu Santuário macabro? Acha? — Tide sussurrou como pôde e sentiu então um golpe final que quase lhe quebrou as vértebras. Quando acordou estava numa ambulância, junto com Rogério e Roberta.

IV

NO DIA SEGUINTE, quando chegou em casa, trazia um monte de comprimido pra dor, um abraço do filho, algumas lágrimas de Roberta, um alívio exagerado quando soube que não havia quebrado nada. Tinha passado a noite inteira no hospital, fazendo exames e em observação.

Quando deitou, seus ouvidos tiniam de cansaço e o colchão nunca havia parecido tão macio. Realmente, o Santuário macabro não precisava dar aquele golpe tão forte em seu corpo frágil. Tinha feito de maldade! — ela esticou os pés, alongou os braços acima da cabeça, espreguiçando como uma gazela. Algo estalou no centro da coluna. Foi nesse instante que achou que devia voltar pras aulas de tai chi na praia. Depois lembrou da época em que fazia parte do grupo da terceira idade dos esportes radicais.

O parapente guardado no quartinho de empregada era quase um sonho esquecido. Faltava motivação pra sair de casa, faltava determinação pra voltar a voar. Faltava um pouco do ânimo que ela havia deixado naquela última vez que havia tido uma tendinite.

A campainha tocou. Era Severino com algumas cartas e uma caixa que tinha vindo pelo correio. Estava tão bem lacrada que ela preferiu deixar pra abrir depois de uma boa chuveirada e um prato fundo de sopa de inhame com damasco, boa pra alma e pros ossos. Comeu duas bananas de sobremesa, por causa do potássio, bebeu um cálice de vinho tinto, também um doce remédio pra dores articulares, e dormiu. No meio da noite o rosto do Santuário apareceu de forma tão clara que Tide pulou da cama, pegou a caixa do correio e então se deu conta de que fazia tudo isso movida a pesadelo. Se acalmou e examinou detidamente o pacote antes de abrir. Pelo olhar do Santuário no sonho, estava mais pra bomba do que um presente bonito.

O nome do remetente era quase incompreensível. Parecia ser Oscar alguma coisa. Vinha de Lima, no Peru, e o bairro era Barranco. Nunca tinha ouvido falar. Aliás, nesse instante se dava conta de que nada conhecia da América do Sul. Sua televisão estava povoada pela América do Norte e era por onde chegava a cultura no Brasil.

Rasgou o papel e abriu a caixa, não sem antes colar o ouvido. Nenhum tic-tac, nada que indicasse que ela corria perigo. Um mapa ornamentado por um sem-número de chaves pequenas, parecidas com aquela que havia descoberto no fundo da bolsa peruana, apareceu diante dos seus olhos.

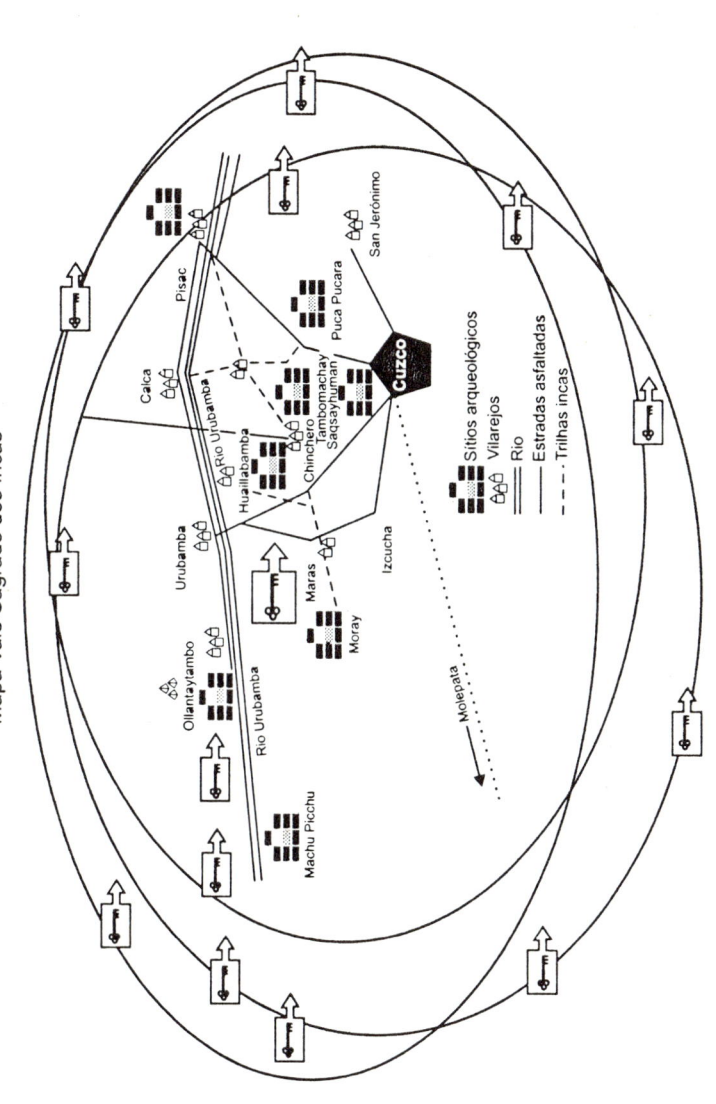

Mapa Vale Sagrado dos Incas

Segurou o mapa e contou as chaves. Havia um círculo com seis chaves pequenas ao redor do mapa, depois mais um círculo com quatro chaves um pouco maiores, e depois mais duas chaves ainda maiores no interior do terceiro círculo. Finalmente um ponto vazio ao centro, mostrava o espaço de uma chave maior. Tide pegou a que tinha recebido dentro da bolsa e colocou no centro do desenho vazio. Encaixava perfeitamente. Apesar de maior, era exatamente como as outras, pois todas possuíam pequenas ranhuras dos dois lados.

Ainda estava em estado de choque com tanta chave e mistério quando uma carta, junto com as outras correspondências, saltou aos seus olhos. Era um envelope pardo grande, avolumado, com o mesmo remetente — Oscar. Novamente o sobrenome aparecia ilegível. Abriu. Dentro havia uma passagem aérea Rio/Lima/Rio e uma outra pra um lugar de que ela já tinha ouvido falar — Cuzco. Alguém já havia falado com ela sobre um lugar chamado Aguas Calientes, perto de Cuzco, ou será que ela tinha lido num livro? Eram águas termais que faziam um bem enorme pro corpo e pro espírito. Será que enviavam ela pra um spa? Bem, já não era sem tempo. Afinal, se estava metida em alguma situação perigosa, que fosse dentro de um spa. Bem que estava precisando — e dobrou as costas pra trás na altura dos rins, sentindo a lombar.

Além da passagem aérea em seu nome, dentro do envelope havia também um maço de muitos dólares. Coçou a cabeça, o pescoço, contou os dólares e deitou na cama sem saber exatamente o que fazer com aquilo. Apenas um pequeno bilhete dizia claramente:

Traga as treze chaves.
Boa viagem, querida!
Oscar

Dormiu ali mesmo, sem querer, sem poder pensar em mais nada, meio sentada, meio escorada pelas almofadas da cama, meio com os pés no chão, a coxa dobrada. Nessa posição acordou às dez da manhã num total desastre. Que não havia no mundo sopa nem vinho que consertasse aquele jeito torto de dormir. As mãos, nem se fala. Pareciam dois ancinhos que tentavam fazer o café e abrir a lata dos biscoitos de nata. Tomou um remédio pra dor e foi pra cozinha.

Depois do café da manhã, olhou detidamente o mapa. Percebeu que se tratava do famoso caminho que levava a Machu Picchu. De todos os lugarejos que apareciam no mapa, apenas Machu Picchu todo mundo conhecia. Era a terra perdida dos incas, encontrada no século XX por um arqueólogo.

Só não entendia o que tudo isso queria dizer. Um mapa enviado numa caixa, com doze chaves penduradas, uma passagem aérea, uma chave encontrada dentro de uma bolsa, que se encaixava perfeitamente entre todas as outras, e um pequeno bilhete pedindo as doze chaves que ele mesmo havia enviado e mais uma, a do meio. Não precisava ser inteligente pra perceber que o tal do Oscar queria mesmo era a décima terceira chave, a chave que alguém havia colocado na bolsa. Foi então que pegou a passagem aérea e leu atentamente. O voo estava marcado pro próximo dia 6 às 11h45 — mas hoje é dia 4, pensou Tide, esbaforida, devo viajar depois de amanhã? De repente, parou. Não sabia se queria ir ou simplesmente ignorar aquilo e dormir. Deitar, olhar a televisão — porque não assistia àquele horror de gente fofocando, fazendo intriga e se matando — ou quem sabe pintar alguns quadros, jantar no japonês da esquina, tomar um bom vinho com sopa no jantar, descansar dessa vida pacata, em que nada acontecia. E, então, lembrou-se do filho. Teve pena. Não queria mais se meter em encrenca a ponto de fazê-lo sofrer. Não, era melhor ignorar aquilo tudo. Guardou o mapa na gaveta da cômoda e foi dar uma volta na praia, pensando ainda se ia ou não resolver algumas coisinhas.

Não sei o que seria dos velhos se não existisse cidade grande — pensou assim que chegou na padaria e comprou meia dúzia de croissants pro lanche. Estranhamente, o mar estava revolto nesse meio-dia de verão. Algumas saias eram levantadas pelo vento. Algumas crianças eram quase içadas e os cabelos esvoaçantes das mulheres davam um ar de pintura clássica às lembranças. Lembrou-se de Marília, uma velha amiga que pintava telas com ela na escola de artes visuais do Parque Lage. O cabelo imenso de Marília uma vez se enroscou com o dela e as duas passaram uma boa parte da tarde rindo e cortando alguns fios que não se separavam nem por um decreto. Sentiu saudade, precisava resgatar um pouco dessa juventude que permanecia dentro dela como um quadro que as duas haviam pintado na sua memória.

Teve vontade de ir ao cabeleireiro pra pintar o cabelo da mesma cor de Marília, um mel acobreado lindo. Depois lembrou que o dinheiro minguava. Teria que economizar se quisesse chegar no final do mês sem dever a ninguém. E finalmente lembrou-se dos dólares, estava rica perto da miséria normal do dia a dia dos aposentados.

Sentou no quiosque da praia e pediu uma água de coco. Prestava atenção nas pessoas que passavam, naquelas que olhavam pra ela com ar suspeito. Mais uma vez começou a desconfiar de que estava sendo seguida, de que estava sendo observada por gente muito perigosa.

Uma menina chegou perto dela e pediu uns trocados. Enquanto abria a pequena bolsinha de moedas, reparou os olhos avermelhados da garota, denunciando que ela estava drogada.

"Será que mandaram ela aqui?", e olhou melhor a menina.

— Qual o seu nome? — perguntou.
— Juju!
— Que nome engraçado...
— O pessoal ali atrás que botou — e apontou um grupo de meninos que se escondia atrás de um quiosque, certamente fazendo alguma coisa que ninguém podia ver. Não parecia mandada, parecia perdida e desorientada. Teve vontade de colocar a menina no colo.
— Quantos anos você tem?
— Treze...
— Que interessante — e lembrou das treze chaves. — Mas é muito menina! — Tide encontrou a bolsinha de trocados.

— Você tem mãe, tem casa? — ela separava algumas moedas enquanto perguntava.

— Tia, num enche... vai me dar o dinheiro ou não?

— Não, não vou. Pago um lanche, se estiver com fome, mas dinheiro não dou. Você tá tão chapada que nem consegue falar direito. Não vou ajudar você a fazer isso com você mesma.

A menina olhou pra ela ameaçadora. De repente, enfiou as mãos nos trocados que Tide tentava colocar de volta na bolsa e saiu correndo, enquanto olhava pra trás com um sorriso estranho.

Apesar do vento, o mar estava calmo diante do sol que iluminava exageradamente. Até doía olhar assim num dia tão claro, tão quente e tão cheio de gente. Sentou ao lado da estátua do Drummond, como sempre fazia, e ficou conversando com ele.

— Viu só, meu caro, viu só aquela menina? Juju! Ela me comoveu. Tanto fez que acabou levando o dinheiro, assim na mão grande. Deve ser regularmente dopada pelo próprio pessoal do tráfico. Não sei o que pensar. No meu caso, amigo, também vivo o meu quinhão, o tempo todo nesse apartamento sozinha, sem me sentir viva de verdade, também é muito chato. O que você me diz, meu amigo? Alguma opinião? O que me diz de Juju, o que me diz dessa viagem?

E não é que Drummond respondeu? Relaxa, querida, a vida é uma grande brincadeira, "o mundo, meu bem, não vale a pena... Há muito aprendi a rir, de quê?, de mim? ou de nada?".

Olhou pro lado como se quisesse procurar aquelas palavras em torno, os olhares irônicos, os sorrisos escondidos... Foi quando avistou ao longe a mulher peruana que havia lhe vendido a bolsa. Fingiu que não viu, despediu do Drummond e atravessou o calçadão, esperando pacientemente que a mulher a seguisse. E, realmente, a peruana não tirava os olhos de cima dela, mantendo distância, mas seguindo firme. Tide atravessou a rua e se escondeu no vão de uma portaria recuada. Quando a mulher passou, ela a segurou com o braço em volta da cintura e os pés atravessados, meio de lado, impedindo a passagem.

— Olá, querida, quer falar comigo?

A peruana, assim bem de perto, era uma mulher linda. Os olhos enormes, a boca bem desenhada, o nariz reto e um pouco pronunciado, parecia ter sido esculpida por um magnífico artista inca. As roupas também eram lindas, talvez andinas, ela não sabia ao certo. Enquanto as duas se olhavam, a mulher foi lentamente baixando os olhos e dizendo entre dentes:

— ¡Suéltame, vieja! No eres más que un mensajero.
— E começou a falar num espanhol rápido, que Tide imediatamente tentava traduzir.

— E o que você quer de mim agora? Por que está me seguindo? — Tide continuava com o braço em volta da outra. De repente a peruana se acalmou e começou a falar num portunhol bastante compreensível.

— No puedo dizer nada.

— Ah!, pode, sim. Recebi uma passagem para o Peru. Quero saber do que se trata. Por que devo ir pra lá levando as chaves?

— Recibió una passagem para Peru? Yo no sé nada.

— Sabe, sim. Ou você me conta que chave é aquela que você colocou dentro da bolsa ou não tem avião no dia 6 — e empurrou a mulher pra dentro do seu prédio enquanto Severino abria a porta do elevador.

Quando entraram em casa, Tide reparou que a outra tinha na mão um canivete, que não usou porque não quis.

— Ia me matar?

— Shiiiiiiii! — a mulher colocou o dedo indicador no centro da boca, pedindo silêncio. Caminhou pelo apartamento, apalpando tudo o que encontrava, até que arrancou uma minicâmera e mais uns microchips e cortou alguns fios que estavam camuflados nas cortinas da sala e dos quartos.

— Era só o que me faltava — Tide sussurrou, irada, e imediatamente perguntou: — Quem fez isso?

— Quem fez não lo sé, mas sé que um povo inteiro corre perigo si las chaves não ficarem con usted. Por favor, diga que va a manter las chaves con usted, a cualquier precio.

— A qualquer preço! Já vi que a coisa tá séria!

A peruana se sentou, recostou o corpo na poltrona. Parecia muito cansada e de seus pés corria um filete de sangue.

— Está machucada?

— No es nada. Quiero apenas um vaso de água.

— Vou buscar! — Tide saiu da sala, lembrando que a língua portuguesa não era nada parecida com o espanhol. Imagina se ela leva um vaso de água pra peruana. Lembrou-se das aulas de espanhol que havia tido há muitos anos num cursinho rápido. Se não lhe falhava a memória, vaso significava copo em espanhol.

Antes de sair da sala, ela perguntou, certa de que receberia mais uma mentira:

— Qual o seu nome?

— Consuelo...

Quando voltou com o copo d'água, a mulher tinha sumido. No seu lugar, deitada simplesmente sobre a poltrona, havia uma medalha de ouro pendurada numa corrente. Parecia a medalha de uma santa, que ela não identificou. Colocou o presente em volta do pescoço e correu pra janela ainda a ponto de ver a mulher virando a esquina com a agilidade de um animal machucado. Estava mancando.

V

O AEROPORTO ESTAVA CHEIO como sempre. Ela exibia uma pequena medalha de ouro em volta do pescoço. Estava reluzente. Talvez porque o vestido azul realçasse o brilho exagerado do ouro. Talvez porque o fato de estar com os cabelos impecavelmente penteados na sua nova cor mel acobreado desse a ela uma juventude que não existia no dia anterior. Estou linda, foi o que pensou assim que passou pelo espelho do restaurante onde sentou. As pequenas rugas em volta da boca, o inchaço das pálpebras, tudo agora estava levemente disfarçado pela camada de base que havia comprado numa loja de produtos finos. Claro que as compressas de chá de salsa tinham ajudado a desinflamar as bolsas em torno dos olhos. Finalmente, uma nova Tide aparecia por detrás da antiga, revelando que ainda dava pro gasto. E ria dos seus próprios pensamentos, até a dor no corpo tinha dado um tempo, emocionada quem sabe pela vontade dela em dar a volta por cima da mesmice e voar pra Lima, onde os bandidos certamente a esperavam.

    Não sabia se ia procurar o tal Oscar logo de cara. Tinha o endereço dele em Barranco. Apenas por precaução, tinha avisado Odete, sua fiel amiga, do paradeiro dela nos próximos dias. O nome do anfitrião e seu endereço. Na verdade, queria aproveitar a viagem pra conhecer Machu Picchu. Daí uma quantidade maior de dias, que ela contava nos dedos.

    De repente percebeu que valia pouco. Sua passagem era na classe mais econômica, coisas de bandido do terceiro mundo, que não sabe tratar bem uma mulher. Não era a primeira vez que voava, mas era a primeira que carregava uma bagagem tão valiosa. E nem bem acomodou a pequena mochila embaixo do assento, uma aeromoça chegou por trás:

— Senhora, a senhora tem que guardar a bagagem de mão no bagageiro acima da sua cadeira. No chão não pode.

— Desculpe, mas eu sou pequena, o bagageiro é alto, não dá.

— Posso colocar pra senhora — a aeromoça já esticava o braço pra pegar a mochila.

— Não posso, querida, minhas roupas íntimas estão todas aí. Sabe como é gente mais velha, precisa trocar a roupa toda hora. Na verdade — cochichou perto do ouvido da aeromoça — estou com diarreia.

— Com diarreia ou não, debaixo da poltrona não pode ficar!! — a aeromoça quase berrava até que uma outra com um uniforme de outra cor, levemente escarlate, se aproximou.

— Pode deixar, Efigênia, eu tomo conta dela.

Tide olhou pras duas, percebendo nitidamente que havia ali uma tensão extra, não condizente com a tranquilidade que tentavam aparentar. A tal Efigênia, relutantemente, saiu de perto e foi em direção ao fundo do avião. A aeromoça de roupa escarlate, sorrindo, convidou, meio entre dentes:

— Vi que a senhora não está à vontade. Tem vaga na primeira classe. A senhora pode vir se quiser.

Tide olhou pra ela sem saber se aceitava ou ficava ali no meio daquele mundo de gente. Ia ser muito mais difícil ser estrangulada ali do que na primeira classe, em geral quase sem ninguém. Mas pensou, ponderou e acabou aceitando. Afinal, nada como a comida e a bebida da primeira classe. Já que estava correndo risco de vida, que aproveitasse. E levantou.

— Muito obrigada! Aceito, sim, meu amor!!!

A viagem foi estonteante. Ninguém a ameaçou, nem mesmo se aproximou dela sem que trouxesse uma bandeja de iguarias. Até comidas extravagantes ela provou — afinal, uma oportunidade como aquela merecia dedicação total. E foi rindo que adormeceu no meio de uma comédia que passava na TV.

Quando chegou a Lima não sabia pra onde ia, não sabia que van pegava. Se ia pra Barranco ou se procurava um hotel barato na periferia. Resolveu procurar um hotel e entrou no primeiro táxi que apareceu.

— Conhece cualquier hotel aquí? — perguntou lentamente pro motorista.

— Sim, vou levar a senhora pra um hotel familiar, não se preocupe — o homem respondeu num português magnífico. De repente, ela achou que o rosto dele lembrava alguém. Não sabia quem, talvez... talvez... um antigo artista de cinema...

— O senhor é brasileiro?

— Sim, de Recife. Estou no Peru há muitos anos — e nada mais falou, nem pela expressão do rosto, nem pela boca, nem mesmo quando Tide continuou a perguntar coisas.

Ela tentava lembrar de onde conhecia o motorista. Era alguém que estava na ponta do seu pensamento, quase escorrendo, e não saía. Quando deu por si o carro rodava vertiginosamente na orla de uma praia linda.

— Mas estamos em que lugar!!??

— Barranco! É pra onde eu devo levar a senhora.

— Pra casa do Sr. Oscar? Mas isso aqui não é um táxi?

— Não sei de nada. Apenas sei que devo levar a senhora comigo. O doutor é dono dessa empresa de táxi.

— Ahhhh! — Tide exclamou.

Pararam em frente a uma casa maravilhosa, suspensa sobre uma fileira de pedras acima do mar. A vista dali era linda. Um elegante empregado, com os traços indígenas bem marcados, conduziu Tide até a sala suntuosa e ricamente decorada com motivos incas.

— Aceita algo pra beber, senhora? Água, refrigerante... — ele também falava português, o que causou mais estranheza ainda. Como um peruano falava português com tão pouco sotaque?

Tide respondeu, agradecida:

— Taí, uma cervejinha nesse calor até que combina.

O empregado sorriu ligeiramente e fez aparecer em segundos uma cerveja geladíssima, que ela sorveu de um só gole.

Ficou sentada um bom tempo tentando acalmar o estômago. A antiga gastrite sempre atacava quando ela mudava de ambiente, mudava de vida. Pequenos sopros de gases saíam de sua barriga, e por mais que respirasse profundamente não sentia exatamente aquele cheiro peculiar tão desagradável. Ficou feliz, pelo menos podia permanecer ali sem se preocupar se alguém ia entrar e sofrer o baque do cheiro terrível de quem quer ir ao banheiro mas não sabe o caminho. Continuou feliz ali por um tempo, soltando gases e olhando detidamente as obras belíssimas que ornamentavam a sala.

Nesse exato instante, um homem pequeno e suado, mas ainda jovem, apareceu por detrás do sofá onde Tide estava sentada, dizendo:

— É um prazer conhecê-la, senhora! — Oscar falava português, mas com um sotaque carregado.

— O prazer, acredito... será meu quando o senhor me explicar o que está acontecendo. Todos por aqui falam português?

— Quase todos. Fez boa viagem? — ele perguntou sem nenhum interesse.

— Sim... mas por que me queria aqui?

— Muitas perguntas. Se acalme. Tudo isso é uma longa história... Um instante e já volto, vou pedir mais uma cerveja pra senhora. Eu prefiro um uísque com bastante gelo! — E saiu certamente pensando com os seus botões: "Nossa, que cheiro!"

Depois que os dois já estavam acomodados, ela sentada no sofá e ele em pé perto da escrivaninha do canto, Oscar falou:

— Meu avô era amigo de Hiram Bingham...

— Hiram Bingham?

— Não conhece?

— O nome não me é estranho. Ei, peraí, foi o explorador que encontrou Machu Picchu no início do século XX?

— Esse mesmo...

— Nossa, e daí...?

— Bem, daí que muitas escavações foram feitas, um enorme tesouro foi descoberto e depois roubado, e hoje em dia o governo tenta proteger o que sobrou. Mas o mais importante foi parar nas mãos de alguns poderosos que vendem no mercado negro uma quantidade enorme de joias, relíquias, peças maravilhosas que os colecionadores pagam uma fortuna pra ter.

— E onde eu entro?

— Você entra com a chave...

— Qual delas? O senhor me enviou doze chaves.

— Mas faltava uma que eu sei que fizeram chegar às suas mãos. Me refiro a essa.

— Quer dizer que foi o senhor que enviou o Santuário e seu comparsa à minha casa.

— Não sei do que a senhora está falando.

— Sabe sim. Eles saíram da minha casa dizendo que se não havia porta pra que a chave. Logo em seguida chega a sua encomenda. Não sou tão ingênua assim.

— As doze chaves não valem nada sem a décima terceira, que eu sei que está em seu poder. — Oscar se adiantou.

— Como sabe?

— Tenho amigos no Brasil, e eles me falaram sobre o que aconteceu no Ano-Novo em Copacabana.

— Bem, se você já sabe, não tenho nada a esconder. O que interessa é que uma tal Consuelo me passou a décima terceira chave, e não sei por que todo mundo agora está atrás de mim por causa dela. Que chave é essa? Abre que porta?

— Existe um mistério em torno das treze chaves. Eu as enviei para que a senhora pudesse ter a dimensão do que está acontecendo. Elas guardam um valor enorme, já que é algo fechado a treze chaves, como a senhora pode constatar — e riu. — Na verdade, se uma chave faltar... as outras se tornam dispensáveis.

— Mas existe alguma porta para abrir com essas chaves, ou é um cofre?

— Mesmo que seja uma porta, protege uma preciosidade que só um cofre pode proteger. E as treze chaves devem ser usadas de forma sincronizada, uma engenharia perfeita imaginada pelos nossos ancestrais incas.

— Verdade? E onde está essa porta?

— Não sei...

— Espera aí, o senhor me tira do conforto da minha casa por causa de uma chave e não sabe onde está a porta que deve ser aberta? Acha mesmo que eu vou cair numa história dessas?

O homem começou a rir e seu pesado e pequeno corpo sacudiu um peso enorme. Decididamente ele devia emagrecer, Tide pensava enquanto Oscar olhava pra ela, analisando. Talvez tivesse chegado à conclusão de que estava nas mãos de uma senhora magrinha e excessivamente frágil.

— Tem razão. Desculpe! Mas, antes que eu me explique, pode me dar as treze chaves, por favor? — Oscar já estendia a mão suada.

— Elas não estão comigo. Deixei no Brasil, em lugar seguro.

— A senhora não ia fazer uma burrice dessas.

— Garanto ao senhor que sou burra quando querem me forçar a fazer coisas que eu não entendo.

— Tenho certeza de que estão com a senhora, mas não vou forçá-la a nada. Não sou bandido, sou apenas um simpatizante da causa do meu avô. Foi ele que me criou, meu pai morreu cedo, e foi com as histórias dele que fui criado amando meu povo e Machu Picchu. Devia confiar em mim, afinal eu lhe enviei o mapa e as chaves que estavam faltando. E a troco de que eu faria isso? Em troca da sua confiança, não acha?

— Bem, como não tenho as chaves, gostaria muito que me desse licença — e caminhou em direção à porta de saída.

— Onde a senhora vai?

— Embora...

— Não vai usufruir de sua passagem para Cuzco? Não vai para Machu Picchu?

— Claro que vou... amanhã. Agora vou pro hotelzinho que vi no caminho.

— De jeito nenhum. A senhora é minha hóspede! — e antes que Tide pudesse responder, apareceu o gentil empregado.

— O senhor acha que vou ficar na casa de uma pessoa de quem nem mesmo sei o nome?

— Claro que sabe! Oscar é o meu nome.

— Oscar de quê?

— Bem... Torres! Não viu no envelope do correio?

Tide percebeu que Oscar teve dificuldade em pronunciar o nome Torres, por algum motivo. De qualquer maneira, respondeu:

— Não dava pra ler. A sua letra é muito confusa — e falou, pensativa: — Vou aceitar o convite. Pelo menos o seu nome já sei... eu acho.

O empregado imediatamente carregou a mochila que estava sobre o sofá. Antes de sair da sala, ela se virou pro Oscar:

— Ah, e por favor, não me chame de senhora. Meu nome é Tide e adoro ser chamada de você.

Oscar balançou a cabeça concordando, e Carlos a conduziu por um longo corredor envidraçado onde se via um extenso e belo jardim de inverno repleto de flores.

VI

TIDE ACORDOU REFEITA. O quarto onde tinha dormido se debruçava sobre o mar de Barranco sem nenhuma cerimônia. Se estivesse num veleiro o gosto da maresia não estaria tão presente como agora. O visual era lindo, espumas rebeldes chegavam quase até a janela. Ela se esticava na esperança de poder alcançar pelo menos algumas gotas com as mãos.

A casa estava silenciosa quando saiu pelo corredor de vidro e chegou à sala principal. O mesmo empregado de antes apareceu e a conduziu para uma saleta onde havia um suntuoso café à sua espera.

— Onde está Oscar?
— Saiu bem cedo...
— Você é brasileiro?
— Não — o empregado respondeu.

— Mas você fala muito bem o português.

— O patrão me ensinou. Ele é filho de peruano com brasileira e só fala português dentro de casa. Acho que é porque a mãe exigia.

— A mãe morreu ou está no Brasil?

— Morreu há um mês e morava aqui com o patrão.

— Um mês? Interessante!

— O patrão ainda está bem abalado. Ele adorava a mãe. Ela era muito especial.

— Especial como?

— Era sensitiva. Sabia de tudo antes que acontecesse.

— Verdade?

— Eu também ficava bastante impressionado. Muitas vezes os escavadores... não sei se o nome é esse, mas homens que cavam as ruínas de Machu Picchu...

— Sim...

— Eles não sabiam onde estava um pedaço de uma peça valiosa que encontravam. Ela ia com eles nas escavações e seguia por uma trilha, sem nenhuma dúvida, e pedia que eles cavassem exatamente no lugar que ela indicava. O resto da peça estava lá.

— É mesmo? E ela estava sempre nas escavações?

— Eles a chamavam quando precisavam.

— Ah, entendi. Bem, eu sou Judith, mas pode me chamar de Tide. E você?

— Carlos... aqui no Peru quase todos os homens se chamam Carlos.

Tide sorriu e mordeu suavemente um croissant recheado de camembert. Uma delícia. O café era brasileiro, o croissant e o camembert eram franceses, mas o resto da casa era inca. Muitas peças eram originais e deviam ter um valor incalculável. Um pequeno santuário estava sobre a mesa do canto. Era lindo e tinha orifício para treze chaves. Tentou abrir o pequeno santuário, estava fechado. Quando pensava se devia introduzir nos orifícios as chaves que trazia por dentro das roupas, Oscar apareceu.

— Intrigante, não é?
— Sim... intrigante. Era apenas isso que você queria? Que eu abrisse este santuário?
— Talvez! — e riu
— Não entendo o que está acontecendo...
— Tudo aconteceu num sonho...
— Como assim?
— Senta, minha querida, que a história é longa.

Ficaram uma boa parte da manhã conversando. O pequeno santuário era uma réplica de algo maior que a mãe de Oscar havia visto em sonho. As treze chaves deveriam abrir um santuário maior, que ninguém sabia onde estava. Depois do sonho, ela havia pedido a um marceneiro que fizesse algo semelhante ao que ela havia visto. E então contou que dentro do verdadeiro santuário havia um inestimável tesouro, guardado pelos padres espanhóis na época da colonização. Mas onde? Era essa a grande questão. O mapa indicava o caminho inca, a trilha que os incas haviam criado nos Andes e que hoje em dia é trilhada por peregrinos. O interessante é que uma santa se mescla ao caminho como se depois dos incas os padres católicos houvessem criado ali também um caminho cristão.

— Que santa?
— Nossa Senhora do Rosário. A mesma que você traz em volta do pescoço.

— É mesmo? — Tide olhou pra medalha que pendia em seu corpo.

— Temos a igreja dela aqui em Lima. É a nossa padroeira. A história de Lima se confunde com a história da colonização espanhola no Peru, e esta santa é a principal testemunha do que ocorreu aqui. — E continuou: — Lima foi fundada em 1535, e o Imperador Carlos V deu a imagem da santa de presente à cidade nessa ocasião.

— Interessante...

— Dizem que os milagres foram tantos que as senhoras doavam suas joias, de tal forma que na procissão de 1643, a imagem levava em seu santuário dois milhões de pérolas e joias diversas.

— Nossa!

— Pois é! Este santuário, segundo os antigos, foi enviado para o Vaticano. Mas minha mãe sonhou que não, que ele está guardado ainda entre os padres que aqui estão. Pensamos que fosse em algum mosteiro, alguma igreja. Talvez a Igreja de Nossa Senhora do Rosário, a principal aqui de Lima. Mas ela já foi vasculhada e nada encontramos. Depois, antes de morrer, minha mãe recebeu uma mensagem que dizia que o Santuário devia ser procurado no caminho sagrado dos incas. No século XVI, o padre Andrea Lopez encontrou o tesouro. Desenhou um mapa, que mais tarde foi encontrado pelos jesuítas, mas ninguém sabe o que esse grupo de padres fez com o tesouro.

— E por que me trouxeram aqui? O que é que eu tenho a ver com essa confusão toda?

— Esta é a melhor parte da história. O nome da minha mãe é Marília. Ela foi sua amiga há muitos anos quando vocês duas estudavam pintura no Parque Lage do Rio de Janeiro.

— Meu Deus!!! Tenho pensado tanto nela. Nós éramos muito próximas na nossa juventude!!

— Ela veio para o Peru quando casou com meu pai, poucos anos depois dessa época no Parque Lage — e bebeu de um só gole o resto de uísque que tinha no copo, para logo em seguida continuar: — Ela sempre falou de você com saudade e carinho. E que se algo acontecesse com ela você devia ser chamada, pois você é boa em decifrar enigmas e alguém em quem se pode confiar.

— Marília morreu? — Tide levantou, lembrando do que o empregado tinha dito.

— Assassinada!!

Uma parte do teto parecia ter desmoronado sobre ela. Tantos anos sem ver a amiga e no final saber de uma notícia assim, sem esperar, sem sequer suspeitar dos rumos que a vida dela tinha tomado tão longe do Rio.

— Como foi?

— Na praia, aqui na frente de casa... quer dizer, não tão na frente, mais ali perto do píer. Ela havia saído pra dar a volta costumeira na beira do mar. Caminhava sempre por uma hora e depois voltava pra tomar o café da manhã comigo. Nesse dia ela não voltou, e depois fomos achar seu corpo na areia.

— Meu Deus!!! Como foi?

— Foram muitas facadas. Alguém que a odiava muito. Tipo crime passional, não sei. Ela não tinha namorado, nada parecido. Por isso eu e a polícia achamos que pode ter sido coisa de algum fanático moralista.

— Moralista? Como assim? O que ela fazia pra deixar algum moralista atrás dela?

— Ah, você sabe, ela era muito dona do próprio nariz. Vocês duas moravam no Rio, na década de 70. Eram pessoas livres. Aqui a mulher ainda é muito reprimida, vive na sombra do marido. Mas isso é apenas especulação, na verdade não sabemos, a polícia, como sempre, ainda não encontrou o assassino.

— E o que você quer de mim?

— Que você descubra a porta das treze chaves... e...

— ... e o assassino de Marília...! — Tide completou.

— Seria perfeito! — Oscar sorriu, acendendo um pequeno cachimbo.

Quando Tide andava pela praia, talvez pelo mesmo caminho que a amiga sempre fazia de manhã, sentiu um estranho arrepio na coluna, como se alguém a estivesse espreitando. Mesmo olhando disfarçadamente para todos os cantos, apenas encontrou o silvo das árvores e algumas risadas vindas de um grupo de adolescentes em algum lugar distante. O mar em Barranco era lindo e selvagem, perigoso demais para o banho e suave demais para os pensamentos que corriam dentro dela. Reencontrar a amiga daquela maneira através do filho era, no mínimo, triste.

Tentava organizar a bagunça. Consuelo parecia ser a solução do enigma. Era ela quem tinha lhe passado a décima terceira chave que todos queriam. E aqueles dois bandidos, na verdade, não acharam as chaves no seu apartamento, mas colocaram aquele monte de câmeras e escutas. Foi uma sorte enorme ela ter levado Consuelo até a sua casa. Senão as chaves seriam logo descobertas, e o seu plano ainda não muito bem bolado teria ido pro brejo. Lembrou que essa expressão ela trazia do Maranhão, na época em que ainda havia muito brejo.

Começou a pensar em todos os detalhes. Havia essa viagem ao Peru, paga pelo filho de uma amiga que se dizia descendente de um amigo de Hiram Bigham. Tesouros, santuários, treze chaves, um assassinato... era muito enigma pra que ela pudesse compreender rapidamente. Mas, pelo que tinha sentido, Oscar não sabia da existência da Consuelo, ou será que sabia? Ou será que Consuelo era apenas um nome fictício, que o nome verdadeiro ele devia conhecer de sobra?

Quando voltou pra casa, um maravilhoso almoço peruano a esperava. O ceviche estava soberbo, assim como o pisco, bebida feita do suco de uva, e o maravilhoso soltero, feito de milho, favas e queijo.

Carlos parecia mais refinado ainda.

— Uma delícia esse ceviche — ela elogiou assim que experimentou a primeira garfada. — No Brasil imitamos, mas não conseguimos fazer com o sabor que vocês fazem.

— Mas é tão simples — Carlos falou. Basta apenas escolher um bom peixe, tipo corvina ou linguado. Misturar num recipiente suco de limão, páprica, sal, pimenta e cebola. Colocar a mistura numa tigela de vidro e acrescentar o peixe. Cobrir com papel-alumínio e deixar tomar gosto, em lugar fresco, por três horas, no mínimo. O peixe deverá ficar branco e opaco.

— E então está pronto?

— Sim, basta servir sobre folhas de alface e acompanhado de batatas cozidas e espigas de milho.

— Como este?

— Correto! — Oscar exclamou: — Corretíssimo! — e colocou um bom bocado pra dentro da boca com o olhar revirado pra cima.

O almoço estava terminando. Oscar e Tide conversavam animadamente sobre Cuzco e a selvagem dominação espanhola em toda a América Latina, quando um par de pequenos olhos entrou sorrateiramente na sala e ficou olhando calado pros dois.

— Vem aqui! — Oscar chamou, e depois virou pra Tide: — É minha filha.

— Oi! — Tide exclamou, sorrindo.

— Fala oi pra Dona Judith, meu amor.

— Já almoçou?

A menina balançou a cabeça afirmativamente.

— Conta pra ela que o papai te ama muito, fala...

A menina sorriu, deu um beijo no pai.

— Quer brincar no jardim? Sua casinha de boneca está lá.

A menina sorriu, feliz, e foi pro jardim brincar na casinha de boneca.

— Linda, ela!

— Parece um pouco com a minha mãe, não acha?

— Não sei, ela é tão moreninha, quase uma indiazinha, e Marília era puxada pro louro. Na verdade, sua mãe tinha um cabelo louro-acobreado de fazer inveja. Engraçado, me lembrei muito dela semana passada e pedi pro cabeleireiro colocar esta cor em meus cabelos. Não ficou parecida?

— Bonita cor. Ela morreu com uma aparência jovem, ninguém dava pra ela a idade que tinha. Ainda era linda. Veja, tenho na minha carteira uma foto recente dela. Tide olhou, a amiga ainda tinha um ar juvenil alegre, exatamente o mesmo ar que ela conhecia.

— Você tem outra foto recente como essa?
— Tenho...
— Posso ficar com uma?
— Claro!!! Você tem todo o direito — e deu a foto da carteira pra Tide.

Ela sorriu de saudade e depois perguntou:
— E a mãe da sua filha?
— Mora em Miraflores. Carolina está passando uns dias aqui comigo.
— Você e a mãe de Carolina estão separados?
— Não, apenas moramos em casas diferentes. Ela não se dava bem com a minha mãe. Agora, pode ser que a gente venha a morar junto, não sei. Essa casa está grande demais só pra mim.
— O que você quer? Dinheiro você tem, não acredito que esteja atrás do tesouro.
— Como disse, sou descendente de um explorador de ruínas. Meu avô me transformou em alguém muito curioso e disposto a manter a história dos nossos ancestrais protegida dos predadores. Na verdade essas joias valem uma fortuna incalculável. Quando encontrarmos a porta, uma parte dessa fortuna pode ficar pra senhora. Um pagamento pelo seu esforço em vir até aqui. Mas pra mim, as joias e tudo mais fazem parte de uma história que me incomoda muito... a história da colonização.
— E o que você vai ganhar com todo esse ideal?

— Não sei, só sei que é algo compulsivo em mim. Preciso proteger o império inca. Talvez porque em outra vida eu tenha sido um imperador ou coisa parecida.

— Acredita em outra vida?

— Acredito, minha mãe me ensinou que existe mais verdade do que aquela que aprendemos nas escolas e nas igrejas.

— Soube que Marília se tornou sensitiva.

— Não era antes?

— Não me lembro de nada parecido na nossa época de juventude.

— Nenhum poltergeist? — os dois riram.

— Me lembro que uma vez ela me disse que eu era importante na vida dela, e que isso ia permanecer até o final dos nossos dias. Nunca acreditei, a gente se separou e nunca mais nos vimos. Não podia prever que a coisa acontecesse desse jeito.

— Dizem que os filhos sempre rejeitam os pais, mas eu nunca rejeitei minha mãe, ela era única, mais que especial.

— E seu pai?

— Bom homem, mas morreu cedo e então meu avô, pai do meu pai, ajudou na minha criação. Minha mãe de repente ficou sozinha com um filho pequeno pra criar, num país estrangeiro. Meus avós vieram morar conosco. Minha avó morreu logo, mas meu avô ainda durou uns dez anos. Quando ele morreu, eu já tinha 18 anos e já podia caminhar com meus próprios pés. Foi com ele que aprendi os segredos de Machu Picchu.

— Interessante! — Tide pareceu pensativa.

— Sim, interessante, e você não faz ideia de quanto!!!

VII

A VIAGEM PRA CUZCO FOI RÁPIDA. Mesmo voando sozinha, havia uma sensação de multidão que a acompanhava. Sabia que estava sendo seguida, mas não sabia ao certo se era por uma mulher que sempre via aqui e acolá ou por dois adolescentes, com feições absolutamente andinas, que esbarraram nela umas três vezes no aeroporto.

Enquanto o avião sobrevoava os Andes, lindo e com aquela neve eterna que ela já havia visto em foto, sua mente ainda passeava pela delegacia em Lima, quando então ficou sabendo dos detalhes da morte de Marília. Não havia ainda nenhuma pista, o assassino não havia deixado nenhum vestígio da sua identidade. Ela foi encontrada morta na beira do mar, já deformada pela água. Havia rumores de que era odiada por um grupo de fanáticos cristãos que a chamavam de bruxa por causa da sua sensibilidade. Mas daí a ter entre eles um assassino era apenas uma hipótese.

Para Marília, era no caminho sagrado dos incas que o tesouro estava guardado, e era lá que eles deviam procurar. Outra coisa que a intrigava era Oscar. Ele havia dito que não iria com ela a Cuzco porque os negócios não permitiam, mas com tanto dinheiro assim não era possível que não tivesse alguém que cuidasse disso.

Enfim, ia sozinha pra Cuzco. Pra essa aventura maravilhosa de conhecer os Andes, de sentir a força que chegava até ela como se fosse um sopro dos deuses. Olhou os passageiros em volta. A maior parte com o rosto esculpido em pedra, semelhante à força dos indígenas ancestrais que povoavam as montanhas. Alguns turistas europeus, um grupo de japoneses e mais dois negros davam a impressão de ser essa uma viagem normal, não fosse a incrível coincidência de ter em voo doméstico o mesmo par de comissárias de bordo dos voos internacionais — a Efigênia e a comissária atenciosa que havia colocado Tide na primeira classe, cujo nome nesse instante ela perguntava.

— Esmeralda!

— Que nome lindo! Mas me diz uma coisa, Esmeralda, você faz voos nacionais e internacionais?

— São empresas conveniadas, às vezes somos escalados por uma ou por outra.

— Ah, sei... que coincidência a gente se encontrar novamente as três.

— A senhora deseja mais alguma coisa? — de repente Esmeralda pareceu nervosa e disposta a encerrar a conversa.

— Não, obrigada, não estou precisando de nada — Tide levantou os olhos na mesma direção que os olhos de Esmeralda haviam pousado um segundo antes. Lá estavam os dois homens que haviam entrado em seu apartamento à procura das chaves.

A pequena maleta de mão que ela carregava parecia agora extremamente pesada. Trazia não só as miudezas pra sua higiene pessoal, mas também as treze chaves. Trazia também na pequena maleta o mapa, mais a porta imaginária que ninguém sabia onde estava, mais o nervosismo dela em se proteger dentro daquele objeto que voava, mais o medo estampado no rosto da Esmeralda quando saiu de perto, mais o jeito de Efigênia que — vira e mexe — olhava indistintamente pra ela e pros dois homens... Até que Tide levantou e foi ao banheiro.

Esbaforida, lavou o rosto, o pescoço, as mãos, os braços e se recompôs. Tentava acalmar a mente dizendo baixinho que tudo estava no seu lugar certo. Era quase matemático reencontrar os dois homens. Só não era matemático e um abuso à sua inteligência reencontrar as mesmas comissárias de bordo em rotas tão diferentes. Sentou no vaso e esperou pacientemente que a imaginação criasse pra ela uma nova zona de conforto interno. Passou e repassou várias vezes o que faria em caso de sequestro e violência. Tirou as chaves da maleta e colocou dentro da bolsinha de viagem, amarrada em volta da cintura. Esticou a meia-calça para apoiar melhor a bolsinha e acabou puxando um fio — que droga, a minha unha sempre faz isso!, pensou irritada. Talvez a irritação a tivesse impulsionado. Puxou o ar, estufou o peito, engoliu a coragem que voltava e saiu do banheiro decidida, caminhando até o assento onde os dois homens estavam.

— Ei, Santuário! — Tide recostou atrás da cadeira. Os dois olharam pra ela, incrédulos.

— Qual é, minha tia, tá querendo o quê?

— Arrumar sarna pra me coçar!

— Pois já arrumou! — os dois se levantaram, mas Tide fez com que eles se sentassem e falou: — Vocês querem as chaves? Podemos fazer uma parceria. Eu dou as chaves pra vocês e vocês me dão a porta pra abrir. Dividimos o conteúdo por três. Que tal?

Os dois se olharam e aos poucos começaram a abrir uma risada que não parava.

— Mas é muita cara de pau!!! — por fim um deles falou.

— Se bem que a oferta é boa — Santuário tinha parado de rir e olhava pra ela com curiosidade.

— Tá maluco, quem contratou a gente é matador. Se liga!

— Quem contratou? — Tide perguntou, achando que tinha sido Oscar. Ou será que tinha sido o mesmo homem que mandara matar Marília?

— Não sei o nome e se soubesse não ia te dizer, velha maluca. Eu não sou disso não, não sou traidor! E tem mais, se a gente tivesse a porta, as chaves já estavam em nosso poder faz tempo.

— Pois então avisa ao seu patrão que vocês comigo não têm vez. É melhor parar de me seguir porque tem gente graúda me protegendo...

— Se liga, queremos as chaves e a porta, e sabemos que você pode nos levar aonde queremos chegar. Entendeu?

— Não! Dá pra explicar?

— Ah, não enche!!!

Tide coçou a cabeça. Que porta é essa que caminhava com ela? Levar aonde, até o caminho sagrado? Mas isso estava em todos os mapas do Peru. Voltou então pro seu antigo assento e ficou o resto da viagem matutando. Quando o avião chegou, Esmeralda entregou a ela, disfarçadamente, o cartão de uma pousada.

Depois que colocou a bagagem no quarto, desceu. Encontrou o dono da pousada conversando animadamente com um hóspede no pequeno bar ao lado. Sentou com eles, bebeu um pouco de cerveja e ficou sabendo que a altitude de Cuzco poderia lhe provocar alguns distúrbios. Por isso levavam sempre folhas de coca para mascar, única providência que afastava o mal-estar. Ficou sabendo também que as folhas de coca eram um costume popular ancestral, que não podia ser confundido com a droga, já que não alterava em nada o processo mental e a saúde do corpo. Na verdade, aquilo era absolutamente necessário por causa dos 3.400 metros de altitude. Tide colocou na boca algumas folhas e ficou mascando, enquanto os dois homens lhe contavam as histórias impressionantes que conheciam sobre os antigos incas. Falaram dos terremotos de Cuzco que colocaram as construções espanholas dos padres dominicanos no chão, enquanto que as construções incas permaneceram intactas, graças à engenharia empregada por eles. Na verdade, a cidade espanhola foi construída sobre a cidade dominada, e com o terremoto reapareceram por debaixo as imensas pedras entalhadas à mão e totalmente simétricas usadas na construção do império inca.

Uma procissão despontou na esquina, o olhar pacificado dos que passavam dava a impressão desconcertante de que o antigo povo inca ainda estava lá e era obrigado a carregar o peso morto da dominação espanhola — pelo menos foi o que Tide sentiu ao se deter no rosto de cada um, lentamente, absorvendo os passos, os corpos curvados, o olhar perdido no passado. Acabou cruzando com o olhar de Esmeralda, que chegava, sentando no bar ao lado do dono da pousada. Pareciam muito amigos. Os dois se beijaram, e ela em seguida apertou a mão do hóspede e de Tide como se não a conhecesse.

— Prazer! Esmeralda!
— Prazer! Judith!

Foi quando percebeu que Esmeralda trazia um colar valioso em volta do pescoço, que combinava com o verde dos seus olhos. Não sabia dizer se eram de pedras verdadeiras, mas destoavam da roupa e do singelo bar onde estavam. De qualquer maneira, estava linda sem o uniforme de comissária de bordo. Quando Esmeralda levantou pra ir embora, Tide despediu do dono da pousada e seguiu o caminho inverso. Não deu vinte passos e, escondida pela quantidade de gente que passava, retornou, tomando cuidado pra não ser observada, e seguiu Esmeralda de perto.

Foi em direção ao Templo do Sol onde ela havia entrado. Tide andava devagar, sentindo que ia desmaiar tão grande o esforço que o seu corpo fazia pra caminhar um pequeno pedaço de chão. Sentia o peso dos 3.400 metros de altitude, que parecia estar carregando agora sobre os ombros. Entrou no Templo, magnífico. Mas, como num passe de mágica, Esmeralda havia desaparecido. Andou por todas as galerias, chocada com as telas espanholas que tentavam esconder a suntuosidade do templo inca. De repente uma saliência na parede parecia apontar para os inúmeros labirintos que certamente havia atrás. Tide apalpava as paredes quando uma sombra, além da sua, surgiu. Parou e virou surpresa:

— O que faz aqui?

VIII

— **ESTOU SEGUINDO VOCÊ** desde o Rio de Janeiro — Efigênia sussurrou e com um gesto de silêncio pediu pra Tide sussurrar também.

— Por quê?

— Sou irmã de Consuelo e ela quer que eu te proteja.

— Mas você não parece sequer gostar de mim.

— Não confunda as coisas — e arrastou Tide pra trás da nesga de uma parede, entrando numa espécie de antecâmara bem pequena.

— O que você quer? — Tide ainda estava tremendo com a força da mão de Efigênia em seu braço.

— Te proteger de Esmeralda. Ela faz parte da quadrilha que quer o ouro pra vender pra um cliente internacional. Já está tudo acertado, só não contavam com a atitude de Consuelo. Minha irmã é arqueóloga e quer preservar a riqueza de nosso país.

— Arqueóloga? Vendendo bolsa em Copacabana? Ah, me poupe, pensa que eu sou burra?

— Ela não vende bolsa, aquilo foi um disfarce pra passar pra você a chave.

— Não acredito. Quem é você, afinal? A heroína que vai ajudar a irmã? Você não tem cara disso — e olhou Efigênia de cima a baixo. — Na verdade, meu amor, você tem uma cara inconfundível de vigarista.

A mulher se recompôs, deu meia-volta e saiu resmungando num espanhol pesado. Tide voltou para o corredor, suava muito e estava exausta. Viu uma pequena loja de artesanato pra turistas. Entrou quase desfalecida em busca de água. Um jovem se aproximou dela.

— A senhora está passando mal?

— Hum, hum...? — balançou a cabeça afirmativamente.

— Está com todos os sintomas da altitude, suor, cansaço extremo, falta de ar, sensação de desmaio... não é verdade? Coma isso! — e estendeu pra ela um punhado de balas.

— O que é?

— Balas de coca, feitas especialmente para ajudar a diminuir esses sintomas.

— E quem é você?

— Sou médico brasileiro e pesquisador, e sei que a senhora precisa sair de Cuzco imediatamente. Vá para Machu Picchu para se acostumar com a altitude de lá, que é de 2.400 metros, para então voltar a Cuzco.

Já adaptada, não sentirá mais os efeitos de maneira tão forte. Senão, vamos ter que interná-la — e sorriu.

— Há uma quantidade enorme de brasileiros aqui no Peru, não é? — ela colocou uma bala na boca.

— Nem tanto, mas faz fronteira com o Brasil, aí facilita. Eu cheguei aqui há uns doze anos, me casei e aqui estou. Faço pesquisas em saúde para o governo, e a folha de coca é uma delas. Leve com a senhora esse chá e beba quando chegar ao hotel — e estendeu pra ela uma caixinha que ela guardou com cuidado.

— Estou surpresa como aqui se usa folha de coca o dia inteiro pra tudo.

— É o que mantém o povo com boa saúde. Os estragos da altitude no corpo físico podem ser desastrosos.

— Então a cocaína vem das folhas de coca, não é?

— É preciso quinze quilos de folha de coca para se fazer um quilo de massa de cocaína. Depois, eles acrescentam ácido sulfúrico, muito querosene, muita porcaria ali dentro, até chegar no ponto que é lucrativo. Enfim, pra quem usa é uma bomba que mata em pouco tempo.

— O que eu percebi é que a economia desse país não vive sem as folhas de coca.

— Verdade. Mas não se deve confundir a folha de coca com a cocaína. São duas coisas diferentes.

— Nossa, como eu era ignorante até chegar aqui. Pra mim era tudo igual.

— É que no Brasil não temos o cultivo da coca nem temos as altas altitudes que temos nos Andes. Então, falou a palavra coca, a gente confunde tudo.

— Como sabia que eu era brasileira?

— Não sabia, arrisquei!!

Sorriram um pro outro como velhos conhecidos e ficaram um bom tempo conversando sobre a vida em Cuzco.

Antes de voltar pra pousada, passou pela Calle Loreto, que desemboca na Plaza de Las Armas, e ficou abismada com a presença da civilização inca no chão das ruas e nas construções. O entalhe das pedras dos muros e dos calçamentos era perfeito e simétrico. O tamanho das pedras realmente levava a pensar se até mesmo com a tecnologia que temos hoje seria impossível fazer aquilo, como conseguiram levar pra cima e tão longe pedras enormes e absolutamente iguais.

Quando chegou ao quarto, viu que haviam deixado um pequeno embrulho em cima da cama. Abriu, era um punhal em ouro cravejado de diamantes, com uma mancha vermelha seca na extensão do fio. Um bilhete impresso, dizia:

Con nuestras felicitaciones,
la sangre de su amiga,
vergüenza para nuestro país.

Tide largou o punhal com horror. Releu, traduzindo para si mesma, algumas vezes, o que estava escrito ali: *Com nossas felicitações, o sangue de sua amiga, vergonha para o nosso país*. Aquela devia ser a faca usada para matar Marília. Oscar tinha razão, algum fanático havia assassinado a amiga. Desceu e encontrou o rapaz da recepção extremamente solícito.

— Onde está o seu patrão?
— Él viajó el día de hoy...
— Para...?
— Ollantaytambo!¹

Tide lembrou imediatamente dessa cidade no mapa do caminho inca.

— Entraram no meu quarto. Quero saber quem foi!!! — ela exclamou, olhando diretamente para o rosto aparentemente ingênuo do rapaz.

— No lo entiendo. Habla lentamente.²

Tide repetiu:

— ¿En su habitación? — ele perguntou.

— Sí, en mi habitación... y deixaram esta faca suja con sangre en la cama, con este bilhete.³

O rapaz pegou o bilhete e, muito pálido, falou lentamente:

— Enviaré a mi esposa a subir con usted. No puedo dejar a la recepción.

— No quiero su esposa, quiero a policía! Ahora!

— Pero el jefe no le va a gustar...

— Quién decide este sou yo. Voy repetir. Deixaram esta faca manchada de sangre en la cama en mi habitación con este bilhete. ¿Usted quiere lo que? Chame a la

---

¹ — *Ele viajou hoje...*
— *Para ... ????*
— *Ollantaytambo!!!*
² — *Não entendo, fala lentamente.*
³ — *No seu quarto? — o recepcionista perguntou.*
— *Sim, no meu quarto... e deixaram uma faca suja de sangue em cima da cama, com este bilhete.*

policía ahora antes que eu mesma faça isso!⁴ — sentia que era uma tortura falar aquele portunhol incompreensível. Quando voltasse ao Brasil ia entrar num curso de espanhol.

Quando a polícia chegou, Tide já estava refeita. O inspetor trazia nas mãos o bilhete enquanto fazia o registro. Colocou a faca em um saco plástico e enviou a Lima. Queria fazer a comparação entre o sangue que estava nela e o de Marília, e queria descobrir quem havia entrado no quarto sem ninguém ver. Tide olhava o inspetor sorrateiramente. Ele parecia eficiente apesar da enorme barriga e do deselegante paletó descosturado atrás. Mas isso era uma bobagem comparado ao fato de que algum assassino tinha invadido o seu quarto e deixado pra ela aquele presente de grego em pleno Peru.

Tide e o inspetor sentaram-se pra tomar chá, que o gerente do hotel havia trazido pra eles.

— Es brasileña, ¿no es así?

— Si...

— Usted sabe, señora, sería bueno volver a Brasil. Este bandido, o bandidos, parecen peligrosos. Ellos están deseando que tengas miedo. ¿Sabes por qué?⁵

---

⁴ — *Pedirei para a minha esposa subir com a senhora. Não posso sair da recepção.*
— *Não quero a sua esposa, quero a polícia!!! Agora!!!*
— *Mas o patrão não vai gostar...*
— *Quem decide isso sou eu. Vou repetir. Deixaram esta faca manchada de sangue em cima da cama do meu quarto com este bilhete. Você quer o quê? Chama a polícia agora antes que eu mesma faça isso!*
⁵*És brasileira, não é?*
— *Sim ...*
— *Sabe, senhora, seria bom que voltasse para o Brasil. Este bandido, ou bandidos, parecem perigosos. Eles estão querendo que a senhora fique com medo. Sabe por quê?*

Tide sorriu, silenciosa. Se falasse que estava metida com as treze chaves, aí é que podia complicar ainda mais a sua vida. Ficou calada. O inspetor percebeu:

— Yo no quiero tener doble trabajo, la señora es un turista y termino teniendo que dar satisfacción a su país si algo le sucede a usted.[6]

Tide continuou calada, como se não entendesse o que ele estava dizendo.

O inspetor sorriu e finalmente levantou, entrando no carro.

Ela olhou o carro da polícia dobrar a esquina, enquanto uma parte de sua visão olhava para o escuro da rua à sua volta. De longe viu um vulto que tentava se esconder atrás de um poste. Parecia alguém que a espreitava. Lentamente, voltou pra pousada. Por hoje já tinha sido demais.

---

[6] — *Eu não quero ter dois trabalhos. A senhora é uma turista e no final vou ter que dar satisfação ao seu país, se algo lhe acontecer.*

IX

QUANDO ENTROU NO FAMOSO TREM que margeia a Cordilheira dos Andes em direção a Machu Picchu, ela sabia que podia estar sendo seguida. Mas não percebeu ninguém no caminho, nem Santuário e o seu comparsa, nem Efigênia ou Esmeralda. Apenas uma quantidade enorme de gente que se deslocava em busca de aventura.

A viagem foi linda, mesmo que desconfortável para as seis horas que passou confinada no vagão em meio a um sem-número de turistas e mais o receio de ter uma faca ricamente decorada enfiada em sua barriga. Quando chegou a Aguas Calientes, já no município de Machu Picchu, e a única cidade capaz de alojar os mil turistas que chegam diariamente, percebeu que o trilho do trem avançava quase que por cima dos feirantes que vendiam artesanato em suas barraquinhas. O trem parou e ela desceu, a mochila pesava agora uma enormidade já que o tempo em que ficara sentada fazia com que a lombar gritasse. A dor que subia pelas suas costas seria quase insuportável não fosse a curiosidade de tudo ver, tudo perceber e se admirar. As roupas eram lindas, as cores, as mulheres, os homens, era tudo de uma intensidade vibrante.

Milhares de folhetos publicitários indicavam os mais diferentes hotéis e pousadas da região. Não sabia exatamente qual escolher quando sentiu que alguém colocava um papel em sua mão. Era um menino, que imediatamente saiu correndo. Olhou o papel e viu que era a indicação de uma pousada que ficava do outro lado da praça onde estava, próxima a uma pequena ponte.

Ao entrar na pousada, teve a nítida sensação de que o inspetor tinha razão. Ela era um joguete nas mãos de gente muito perigosa. Lembrou do filho e da insistência dele em pedir pra ela fugir de qualquer história complicada. Por isso, deu meia-volta e saiu, disposta a encontrar um lugar pra ficar que ela mesma escolhesse. Não queria mais nenhum presente deixado em sua cama. Talvez tivesse sido muito impulsiva vindo nessa viagem sem saber por que vinha. Nada nela se encaixava, desde a morte de Marília até as treze chaves que trazia por dentro da roupa, na altura do umbigo. Aliás, um umbigo massacrado pelas ranhuras que teimavam em machucar sua pele fina.

Ligou pro filho, ele não estava. Deixou recado com a nora dizendo que estava em Machu Picchu. E mais nada, não queria preocupar ninguém. Depois ligou pra Odete e contou uma boa parte da viagem até o momento. Disse que se não voltasse em um mês ela deveria procurar a polícia. Quando desligou achou que um mês era demais, tempo de sobra pra uma morte sem deixar vestígios.

Quando finalmente deitou na cama da pequena pousada que havia escolhido, sorriu. Estava finalmente em Machu Picchu, um dos seus sonhos dourados, aquele infinitamente guardado à espera de dinheiro extra e um bom motivo. Bem, o motivo era aquela complicação toda, mas o dinheiro extra estava escasso, contava apenas com o dinheiro que Oscar havia lhe enviado para passar alguns dias. Por isso pensava em economizar pelo menos na comida.

Já eram nove da noite quando saiu do quarto em direção ao restaurante. Queria comer algo que não fosse caro, mas que tivesse o sabor dos Andes.

Um quarteto andino cantava e tocava músicas com um toque de felicidade calma, músicas com flauta de que ela tanto gostava e que davam um colorido quente na noite fria das montanhas. Aliás, as flautas que eram tocadas eram especiais, como se os Andes contivessem o som de um universo repleto de mistérios. Pediu um prato de *patachi*, sopa camponesa típica da região. E logo a seguir *papa a la huancaína*, prato de batatas feito à moda de Huancayo. Os dois estavam uma delícia. Mas, talvez por efeito do vinho, ou da música, ou porque seus olhos já não eram os mesmos, ou porque era sempre muito fácil distorcer a realidade, teve uma visão estranha que modificou a forma como via os últimos acontecimentos. Alguém, sem querer, havia deixado cair um pouco de azeite na toalha, e o borrão formou um dedo que indicava algo fora da mesa. E foi tão forte a percepção que teve que pagou rapidamente, saiu do restaurante e caminhou a passos largos para a pousada. Subiu de um só fôlego a pequena escada que levava ao primeiro andar e entrou no quarto. Abriu o mapa que Oscar havia enviado pelo correio e só então teve a sensação nítida de que sabia exatamente o lugar onde o tesouro estava guardado. É que de repente percebeu três pequenos triângulos, que não havia em outros mapas, só naquele, e que pareciam indicar o lugar exato onde devia procurar o tesouro. Sorriu e dormiu como estava, nem mesmo escovou os dentes como sempre. Simplesmente capotou, aliviada.

A manhã estava linda quando saiu da pousada. Antes de pensar em sair andando na direção que o mapa indicava, deveria dar um jeito nas costas, que doíam uma enormidade. Algumas pessoas lhe indicaram a casa de um xamã conhecido na redondeza, o único capaz de resolver coisas de dor rapidamente. José era conhecido como o xamã dos turistas, era ele que promovia eventos aparentemente místicos e que os turistas adoravam. Enfim, tipo samba pra turista, que na verdade não mostra a verdadeira essência do samba, mas cumpre o papel de entreter sem aprofundar nada. Quando bateu na porta do José já estava arrependida.

Um homem baixinho, moreninho, com um velho chapéu preto, atendeu a porta.

— Procuro por José — Tide afirmou sem vontade nenhuma de entrar.

— Yo soy José. ¿Qué quieres?

— Siento mucho dor en la costa... espalda, y me disseram que el señor obra con cura.

— Sí, yo trabajo con la curación. Puede sanar su columna vertebral y su espíritu. Adelante, por favor.[7]

Tide entrou na pequena sala mal iluminada. Um cheiro forte de ervas e algumas pessoas deitadas num estrado eram tudo o que havia ao alcance da vista.

— ¿Dónde le duele?[8]

— Aquí... — Tide pressionou o dedo no lugar exato onde a dor começava para então se espalhar pela lombar e seguir do lado da perna esquerda, pressionando o ciático.

José e Tide ficaram algum tempo por conta do alívio que ela começou a sentir quando ele espargiu um perfume delicioso em toda a extensão da coluna e da perna. Logo em seguida ele massageou e estalou um sem-número de ossos, encaixando-a novamente no espaço certo. Finalmente, sorriu aliviada.

— Parece shiatsu.

---

[7] — *Eu sou José. O que queres?*
— *Sinto muita dor nas costas, e me disseram que o senhor trabalha com cura.*
— *Sim, trabalho com cura. Posso curar sua coluna vertebral e seu espírito. Entre, por favor!*
[8] — *Onde dói?*

— Sí, es algo así como shiatsu, pero en realidad se enteró de mis antepasados.[9]

Os dois sorriram. Tide saiu completamente aliviada da dor e disposta a enviar pra casa, pelos correios, metade da roupa que carregava.

Enquanto ela seguia lentamente o pequeno corredor de pedras que levava até a pousada, José assistia sem surpresa à chegada estrondosa dos novos turistas, que praticamente invadiram a sua casa à procura de algo parecido com desenvolvimento espiritual. Estava acostumado a essas invasões e já tinha um esquema perfeito para dar àquelas pessoas o que tinham vindo buscar. No entanto, dessa vez teria que passar a bola pro seu sobrinho Carlos Gonzalez. Precisava correr e avisar ao povo que o sonho estava próximo de acontecer. Judith parecia ser, no pequeno espaço de tempo que esteve com ela, uma senhora perfeitamente confiável.

---

[9] — *Sim, é parecido com shiatsu, mas na verdade é algo dos meus antepassados.*

X

SAIU DEPOIS DO ALMOÇO. Começou a fazer a caminhada que levava de Aguas Calientes para Machu Picchu no meio da selva. Olhava um mapa pra se certificar de que não haveria problema de se perder, mas o mapa era muito ruinzinho, não dizia coisa com coisa e a escala era totalmente desproporcional.

O caminho era curto, provavelmente levaria duas a três horas no percurso, mas era bastante íngreme e extremamente perigoso, pois se tratava da selva amazônica pelo lado peruano. Enquanto caminhava, lia obstinadamente alguns trechos das informações que carregava dentro de um precioso livro que havia comprado no dia anterior. Este livro dizia que Machu Picchu era a morada das *acllas*, também conhecidas como virgens do Sol. Essa conclusão havia sido tirada a partir das escavações que foram feitas no correr dos anos, quando encontraram 135 corpos, sendo 109 de meninas jovens. As *acllas*, segundo o livro, eram selecionadas ainda crianças, ou por sua nobreza ou por seu desenvolvimento espiritual. A *acllahuasi*, ou Casa das Escolhidas, era onde essas jovens recebiam orientação para os seus desenvolvimentos moral, emocional, intelectual, material e espiritual. Ao final desse ensinamento, que deveria durar alguns anos, as mais desenvolvidas se transformavam em sacerdotisas e as demais retornavam a Cuzco ocupando cargos de importância.

Tide parou de ler. Era impressionante como as mulheres haviam alcançado um lugar de respeito e destaque em algumas civilizações. De repente percebeu que a subida pra Machu Picchu começava. Foi quando se deu conta de que as setas que indicavam o caminho estavam bastante apagadas. Uma pequena distração e ela tomaria o caminho inverso, provavelmente se perdendo na selva. Ficou imaginando se não teria sido melhor arrumar uma companhia ou um guia, ou alguém que estivesse ao seu lado, ajudando-a a decifrar pra que lado as setas indicavam. Havia pequenos barrancos no meio da floresta. E ela precisava escalar, segurando em pedras, que rolavam aos seus pés, ou em pequenos arbustos que mal sustentavam seu corpo. E, pra completar, alguns pingos grossos de uma chuva que não devia de forma alguma desabar ali, porque ela não queria, porque ela não podia suportar tamanho peso em suas roupas já extremamente pesadas, começaram a cair. E em profusão. Chovia de tal forma que ela não conseguia sequer abrir os olhos pra procurar abrigo. Ali ficou estatelada ouvindo o grito dos trovões, ouvindo o bater do seu coração, ouvindo o som da selva.

Nunca tinha se sentido assim, meio animal, meio gente. Não era exatamente medo o que sentia, mas expectativa, seus olhos espreitavam o nada à procura do perigo. A floresta suava. Não sabia se era a sua percepção que estava alterada por causa do inusitado da situação ou se quem suava era ela, mas havia um clarão dourado à sua frente, inexplicável. Continuou sentada, encharcada, olhando com um leve receio de se mover e dissipar sem querer aquele encanto. Era uma luz muito forte mesmo, incompreensível no meio de uma chuva que despencava sobre ela como uma farta cachoeira. Ficou parada, imitando as pedras, respirando quieta.

De repente, do meio da bruma que desprendia das árvores mais velhas, Tide viu um vulto que se erguia como um gigante ameaçador, as mãos levantadas em sua direção, os olhos avermelhados como os de um ser devorador. Seu corpo, sem que ela soubesse, sem que ela premeditasse, se levantou e saiu correndo. Foi tão automático o processo que só se deu conta do acontecido quando chegou a Machu Picchu num único relance. Nada fez falta nesse percurso, nem as setas, nem o guia, nem ela mesma. Parecia até que já conhecia o caminho, tão rápido chegou ao destino. De repente o medo pareceu algo seguro, algo que a conduziu sem sombra de dúvida rapidamente até o guichê da entrada da cidade onde havia um punhado de guardas municipais e funcionários.

Deixou uma pequena fortuna no guichê, ainda esbaforida, com o rosto contraído e uma forte sensação de que estava sendo seguida, achando que dentro de Machu Picchu encontraria um número enorme de turistas. Mas, quando entrou na cidade, não havia ninguém, provavelmente por causa da chuva. Machu Picchu era deslumbrante à primeira vista, mesmo debaixo da tempestade que aumentava a cada minuto. Encontrou uma pequena caverna. Entrou, sentou e, encolhida, envolvida pelo seu próprio abraço, dormiu exausta. Mas acordou alguns segundos depois com um grito. Alguém havia gritado, não sabia onde nem por quê. Só sabia dizer que tinha sido tão próximo que duvidava até que o grito tivesse partido de dentro do pesadelo que estava tendo. Foi então que alguém colocou a mão sobre sua boca, sussurrando:

— Fique quieta, não se mexa!

Tide tentou se soltar, mas de repente percebeu que era melhor obedecer. Acabou se dando conta de que a verdadeira ameaça passava pelo lado de fora da caverna, provavelmente atrás dela. Era aquele mesmo vulto enorme de antes.

Quando o perigo desapareceu, ela se virou devagar, reconhecendo imediatamente o pequeno chapéu que cobria a cabeça de José.

— Ele é apenas um guardião, não quer fazer mal a ninguém.

— Guardião? Que tipo de guardião? Ele guarda o quê?

— São seres da floresta, eles guardam tesouros que o homem comum não conhece.

— Aquela luz forte que vi é um dos tesouros?

— Talvez o mais precioso.

— E o que é?

— A cidade perdida de Paititi.
— O quê??? Ei, espera aí! Você fala português?
— Sim, recebo turistas o dia inteiro. Falo inglês, português, espanhol, alemão e italiano.
— Mas você não falava hoje à tarde...
— Falava, só não falei porque pensei que você queria treinar o espanhol — riu.

Tide olhou pra ele, como se não acreditasse em tamanho absurdo, e desabou numa gargalhada.

— Mas você é muito estranho!

José riu como se dissesse "eu também acho".

— Enfim, o que é Paititi? — ela perguntou quando ficou mais calma.

— Paititi é uma cidade perdida, com imensas riquezas que são protegidas pelos seres da floresta. A Amazônia é impenetrável, minha amiga. Esconde segredos que a protegem definitivamente de todos.

— Mas essa tal de Paititi fica aqui perto de Machu Picchu?

— Ninguém sabe ao certo. Parece que existem algumas entradas. A meu ver, acredito que as entradas são como rotatórias cujas portas nunca se abrem nos mesmos lugares.

— Isso me lembra aquela história famosa de que a Terra é oca e que os polos na verdade estão abertos para o universo.

— Parece que a história de Paititi deriva dessa. Paititi seria um dos portais da Terra, que fica na Amazônia. Alguns habitantes antes viviam na superfície, até que foram obrigados a se refugiar para além dos portais.

— Por isso ninguém sabe o que aconteceu com os habitantes de Machu Picchu, que nunca foram encontrados?

— Isso mesmo. A história de Paititi é muito instigante. Foram selecionados apenas os melhores entre os seres que habitavam Machu Picchu para povoar Paititi. Então, aos poucos, foi desenvolvida uma raça de alto desenvolvimento espiritual chamada de Adoradores do Sol. Seus templos e palácios são ornados do mais puro ouro.

— Interessante! — Tide acompanhava sem perder sequer uma palavra.

— São seres desprovidos de pescoço e cujos rostos ficam situados à altura dos seus peitos.

— Como o guardião do fogo que eu vi?

— Mais ou menos.

— Bem, aquele ser que me perseguiu realmente não parecia ter pescoço, mas pernas enormes de gigante. E os olhos eram assustadores, não vi retina neles, apenas uma cor vermelho ocre.

— Eu vi o que você viu. Estava acompanhando você passo a passo.

— Por quê?

— Quero te proteger. Sei que estão atrás de você por causa das treze chaves.

— Você sabe?

— Sei, sou um xamã, as pessoas me procuram pra pedir conselhos, pra resolver coisas que elas não conseguem resolver sozinhas. Alguns me falaram de você.

— O que foi que disseram?

— Muita coisa, mas o mais importante é que as chaves estão bem guardadas, não estão? E...

— E...?

— Abrem a porta da cidade perdida de Paititi.

— Mesmo? Inacreditável!!

— É uma dádiva as chaves estarem com você.

— Mas por que eu sinto que a porta que procuro está em Ollantaytambo?

— Na verdade, a porta não está em Ollantaytambo, nem em Machu Picchu, nem em lugar nenhum. Ela está em todos os lugares, por isso se diz que a porta não existe.

— Mas ela existe, só que muda de lugar... é isso?

— Mais ou menos, elas estão circulando e se encaixam quando há uma sintonia. Se você, que tem as chaves, se aproximar de um dos portais de Paititi, eles se encaixam num só e abrem pra você entrar.

— Não entendi. São treze portas ou é apenas uma porta com treze chaves?

— Ninguém sabe. Parece que são treze portas fechando as treze entradas para o centro da Terra. Esses portais estão em lugares bem específicos e em rotatória. Se juntam e se sincronizam quando a porta principal é aberta, formando uma só.

— Fantástico... — o corpo de Tide arrepiou como se uma brisa suave passasse por dentro dele.

— Paititi não é uma cidade qualquer, mas um reino encantado, perdido na selva, habitado pelos descendentes dos antigos incas. E apenas uma pessoa pode receber das suas mãos esse valioso tesouro que você carrega.

— Quem?

— O chefe supremo da dinastia inca, o El Dorado, como todos conhecem. As chaves dos portais são dele e do seu povo.

— Tudo isso me parece um pouco fantasioso, não acha?

— Você achou fantasioso o ser que veio pra cima de você na floresta?

— Não, claro que não. Ele era tão real quanto você.

— Pois então. Não precisa acreditar em mim.

Tide levantou, secou o cabelo com o casaco e sorriu aliviada por ter escapado daquele ser avantajado, guardião dos portais.

— Bem, sei lá, só acredito vendo. Vou aproveitar que a chuva deu uma trégua e voltar pra pousada.

— Haverá um encontro de xamãs amanhã aqui ao cair do sol, por volta das seis da tarde. Você é minha convidada. Vamos fazer a iniciação de algumas pessoas e acho que você poderia ser uma delas.

— Eu? De onde você tirou isso?

— É que pra entrar no reino de Paititi é preciso ser iniciado. Vem, vou ensinar você a ofertar para Pachamama a sua primeira oferenda.

— Pachamama?

— Sim, Pachamama, a Terra, a natureza.

José pegou três folhas de coca no chão, cada uma de um tamanho diferente, juntou as três e ofereceu a Pachamama em sinal de respeito e de agradecimento por receber dela tudo o que precisava para a sua estadia nesse planeta. Tide entendeu e se comoveu por estar fazendo parte daquele momento.

Nesse instante, uma sirene soou. Machu Picchu era fechada à noite.

XI

QUANDO DESCEU PRO CAFÉ no dia seguinte encontrou um bilhete debaixo da xícara.

> *Estou na cidade. Precisamos conversar.*
> *Venha jantar comigo no restaurante da esquina.*
> *Te aguardo lá às 19 horas.*
> *Oscar.*

Leu algumas vezes o bilhete, saiu pra conferir que restaurante era e acabou pegando o ônibus que levava pra Machu Picchu. Não queria fazer novamente a escalada pela floresta para a cidade inca. Trazia entre as mãos o mapa dos turistas e o mapa que Oscar havia lhe enviado. O livro revelava um sem-número de dados sobre os costumes e a forma de vida do povo. Sabia que os indígenas daquela região tinham dois animais de poder principais. Eram o condor e a águia. Pressentia que eles estavam equipados com uma sabedoria que escapava a pessoas como ela.

Quando comprou a entrada percebeu que o seu dinheiro minguava e que no jantar provavelmente ia pedir ao Oscar um empréstimo extra.

Machu Picchu era realmente soberba. Reparava agora, devagar e sem chuva, que as edificações, todas em pedras, estavam absolutamente emparelhadas umas sobre as outras e deviam pesar algumas toneladas, o que era assustador. *Inti* significa Sol, enquanto que *huatana* descende da palavra *huata*, que significa amarrar, prender mediante cordas. *Intihuatana* quer dizer então *O Lugar Onde Se Amarra o Sol*. Localizado no topo da montanha sagrada, depois de subir cerca de setenta passos, *Intihuatana* é a maravilha da tecnologia antiga, uma espécie de relógio para medir quando era o momento de celebrar o solstício de inverno, uma das celebrações mais importantes de todo o Império. Os terraços eram vistos de vários lugares. Eram degraus enormes, formados nas costas das montanhas, onde plantavam feijão, milho, batata. E os famosos canais de irrigação, que surpreendem até hoje os engenheiros mais audaciosos, e que desviavam os cursos dos rios para as aldeias, também podiam ser vistos dali onde ela e mais um grupo enorme de turistas de todas as nacionalidades circulavam. Ficou em Machu Picchu até o final da tarde. Permaneceu um longo tempo sentada admirando as quatro montanhas que a abraçavam. Era tudo muito lindo.

Realmente não entendia nada do mistério que cercava a cidade, mas podia sentir no ar, nas pedras, naquela civilização dizimada pelos espanhóis cristãos, que muita coisa tinha acontecido por ali. De repente se perguntava como a história da humanidade poderia ter sido bem diferente se a América não tivesse sido descoberta naquela época por gente tão bitolada. Só eu mesma pra pensar isso, resmungou entre dentes. Até parece que hoje, com essa ignorância toda, ia ser diferente.

Continuou pensando até que seus olhos descobriram, no meio da multidão de turistas, os dois homens que sempre a acompanhavam: Santuário e seu fiel comparsa. Acenou pra eles. Claro que eles disfarçaram, a ponto de obrigar que ela se aproximasse.

— Boa tarde, estão gostando do passeio?

— Juro que se não fosse pau-mandado, minha tia, acabava com esse teu jeito.

— Ah, mas é muito macho! Tá parecendo aqueles cabras do interior do sertão de cem anos atrás, só falta a peixeira.

— Que peixeira! Vê lá se sou homem de peixeira. Uso logo o meu trinta e oito.

— É, só mudou de arma, mas a cabeça é a mesma do homem da peixeira.

Santuário bufava até, olhando pra ela.

— Calma, homem. Me sinto bem em ter vocês por perto. Sei que preciso de proteção, tem muita gente querendo a minha cabeça. Sinceramente? Vou voltar pra casa amanhã e aí vocês vão poder viver em paz, um matando o outro. Avisa pro patrão que joguei a valiosa encomenda no mais alto precipício aqui de Machu Picchu. Não adianta virem atrás de mim de volta até o Rio de Janeiro. Estou limpa! Entenderam? As chaves já estão voando! Afinal, a porta tem asa, não tem?

Os dois homens se olharam, até que o comparsa do Santuário se despediu:

— Boa tarde, minha tia! Já estamos indo! — e deixaram lentamente Machu Picchu.

Quando chegou na pousada, viu que um senhor de chapéu e um grosso terno de lã olhava pra ela. Parecia um personagem inglês recém-saído das histórias de Agatha Christie. Os dois se cumprimentaram com a cabeça enquanto Tide bebia o café frio da cafeteira que estava na saleta e comia um pedaço de pão passado, duro e sem vida. Ainda pensava, enquanto subia as escadas pro seu quarto, como podia um homem, de que nacionalidade fosse, usar um terno tão quente no calor de Aguas Calientes?

Deitou um pouco na confortável cama do seu quarto, enquanto colocava a ideia no lugar. Pensava na beleza que tinha visto em Machu Picchu. Na conversa salutar que tivera com os dois bandidos. A rádio da cidade cantava e algumas notícias entremeavam a programação pacata com fatos políticos que denunciavam o descaso dos governantes com a população local. Tide ouvia, apesar de se sentir dividida entre as notícias e os acontecimentos do dia anterior. De repente percebeu que vibrava. Sentia que o seu corpo e o seu espírito agora se juntavam numa só possibilidade. Estava viva como nunca antes. Seu sangue fluía com uma facilidade que desconhecia. Seus olhos enxergavam coisas insuspeitáveis, como por exemplo a pequena cidade de formigas muito miúdas que circulavam aos pés da cama sem se importar com a existência de um mundo maior. Sentia o vigor dos primeiros anos, como se a vida não tivesse acontecido ainda. Finalmente percebeu que a velhice não era uma questão de idade, mas de crença e de oxigênio. Pulou da cama como se fosse uma adolescente e tomou uma chuveirada.

Quando desceu em direção ao restaurante, se sentia leve como nunca.

Sentou com o seu vestido multiflorido ao lado do Oscar, que já esperava.

— Um suco? — ele perguntou, eufórico.

— Não, quero água dos Andes. Tudo que é daqui está me fazendo um bem enorme! — sorriu.

Enquanto Oscar providenciava com o garçom o jantar, ela espreitava seu próprio coração, vasculhando aquele novo sentimento que brotava em relação a ele. De repente Marília aparecia pra ela de forma diferente. Não era mais a velha amiga, mas alguém que havia morrido por excesso de sensibilidade, talvez. Não entendia ainda por que ela, Tide, havia sido envolvida em tamanho disparate de treze chaves que podiam ter sido entregues a qualquer outra pessoa que morasse ali mesmo. O que havia por trás dessa história incompleta que não enganaria nem mesmo a uma criança?

— Por que eu, Oscar? — Tide perguntou assim que o garçom desapareceu.

— Que pergunta! Ora, porque minha mãe confiava em você.

— Não, não acredito. Sua mãe e eu já não nos víamos há mais de trinta anos. Em tantos anos assim as pessoas mudam.

— Não sei por que você, ela não me disse. Só sei que antes de morrer tivemos uma conversa. E ela me disse que se algo acontecesse com ela, que só confiava em você pra me proteger. A mim e à minha filha.

— Então, vocês estão precisando de proteção?

— As treze chaves são muito cobiçadas. Todos querem encontrar o tesouro prometido. Apenas quem tiver todas as chaves em seu poder poderá conquistar o direito de abrir a porta que esconde o tesouro.

— Onde?

— Onde?... não sei.

— Não será em Paititi?

— Isso é lenda pra afugentar os gananciosos.

— Acha?

— Com certeza. O tesouro está ao alcance de quem descobrir o lugar certo no mapa.

— Como assim?

— É no caminho do Vale Sagrado que o tesouro está escondido, e as treze chaves são necessárias para abrir uma possível porta que leva a ele.

— Em Ollantaytambo?

— Pode ser, não sei. Você sabe alguma coisa?

— Intuição... Por que não tira as chaves de mim? Os seus comparsas poderiam insistir mais.

— Não sei do que você está falando. Não tenho comparsa. E não é do meu estilo obrigar ninguém a fazer nada. Posso comprar você, se eu quiser, pra você fazer exatamente o que eu mandar. Mas não posso obrigar, isso vai contra a minha natureza. Sou um intelectual, um homem sensível, adoro quando uma senhora gentil aparece.

— Mas é muito galanteador...

— Não sou? — e riu abertamente.

— Você sabe que as chaves estão comigo, o que mais está esperando então?

— Na verdade, não me atrai tirar as chaves de você. Sei que mesmo com elas eu não teria condições de encontrar a porta. Tem muita gente querendo te ajudar na hora certa... Tem gente que você nem desconfia que te segue. Se eu fizer alguma coisa contra você, tô morto. Mesmo que eu tenha comparsas, como você diz, nesse caso não adianta. As chaves devem vir pra mim como vieram pra você, espontaneamente..

— Ah, então você está esperando o momento da revelação. Quer que eu faça tudo, Oscar?

— Bem, pode me chamar de preguiçoso, mas, na verdade, estou esperando que os envolvidos cheguem pra te ajudar a desvendar o mistério — e riu mais gostosamente, completando: — Sei esperar.

— Confesso que não estou entendendo nada, principalmente o fato de ter sido eu a escolhida.

— Porque você é de fora, alguém que nem sabe direito por que está aqui. Você... você não sabe de nada... — foi então que Tide percebeu que Oscar sabia demais.

— Sim, sou uma velha idiota, é isso o que você quer dizer? — ela rebateu.

— Não diria isso de você, pelo que percebi você é ótima pra desvendar mistérios e... era amiga da minha mãe. Parece perfeito, não acha?

— Perfeito demais... Fico me perguntando o que você sabe que não quer me dizer.

— Calma, esse jantar é pra dizer o que eu ainda não disse — Oscar sorriu pra ela, confiante.

Tide olhou pra ele e percebeu uma ponta de ironia, que ele disfarçou.

— Infelizmente, Oscar, estou precisando de dinheiro. É chato você me financiar desse jeito, mas vim desprevenida, você sabe. Me enfiei numa história cara e não tenho condições de arcar com tudo isso! — Apontou pro restaurante em volta.

Oscar tirou um maço enorme de notas do bolso e deu pra ela.

— Nossa, não preciso de tudo isso! — ela exclamou.

— É melhor aceitar. Ainda tem muita história pela frente. Você vai precisar.

Ela guardou o dinheiro na bolsa com cuidado. Desconfiava das atitudes de Oscar, com aquele maço enorme de notas, parecia mais um mafioso, tipo gângster. Será que ele e Marília eram mesmo confiáveis? Ou teria ela se metido numa baita confusão de uma desonesta família?

— Quer saber, não sei se vou precisar disso tudo — ela abriu a bolsa tentando devolver o dinheiro. — Estou adorando esta viagem aos Andes, estou grata a você por ter me proporcionado estar aqui. Mas estou querendo ir embora. Amanhã devo ir às águas termais mais pra conhecer. Na verdade, são poucas as coisas que gostaria ainda de fazer. Hoje fui a Machu Picchu me despedir, aproveitei a paisagem, a história, a beleza, e vou feliz e intacta. Sinto que se ficar algo de ruim pode me acontecer, como aconteceu com a sua mãe. Não tem um lugar que eu esteja que não seja observada, seguida e ameaçada. Quero voltar pra minha pequena vida.

Oscar levantou a mão, recusando o dinheiro que Tide teimava em devolver.

— Calma, guarde o dinheiro na bolsa, por favor. Estão todos nos olhando. Vamos conversar primeiro. Se depois dessa nossa conversa você quiser ir embora, vou entender. Acho que você precisa saber por que minha mãe quis que você viesse.

A comida chegou. O turista inglês passou, olhando detidamente através do vidro do restaurante. Estava um calor insuportável do lado de fora, e o terno grosso de lã parecia ainda mais desconfortável. Tide acompanhou com o olhar o lento caminhar do homem. Parecia que os seus passos estavam cronometrados com alguma coisa que devia acontecer em instantes. Quando Oscar levou a primeira garfada à boca, Tide berrou. Era tarde demais. Oscar caía a seus pés como um animal abatido e irremediavelmente suprimido da vida num piscar de olhos.

Quando a ambulância chegou, encontrou apenas um cadáver. A mulher que estava com ele tinha sumido porta afora. Não se sabe se por estar imensamente abalada ou se ela é quem era a responsável pela morte. De qualquer maneira, se houvesse ali um olhar mais atento teria visto Tide correndo numa rua extremamente inclinada atrás de um cinzento terno de lã.

Não havia mais vestígio do homem. Nem do terno, nem do chapéu impecável que ele usava, nem mesmo do porte elegante, talvez um pouco arrogante, não havia mais nada. Nem nos becos, nem nos bares, nem nas esquinas das calçadas de pedra que escorregavam. Ela quase corria, esquadrinhava com o olhar todos os lugares miúdos, prováveis e improváveis, imaginando onde ele poderia estar. Três mulheres andinas passaram por ela. Uma delas usava uma trança comprida que quase caía, parecia falsa. Foi então que ela teve uma brilhante ideia.

XII

NO GUICHÊ DE ENTRADA PARA Machu Picchu, uma mulher andina, de cabelos negros, saia comprida, bota de caminhada e um belo xale andino listrado de belíssimas cores fortes pagava meia-entrada. Para o pessoal local, o preço da entrada era bem menor do que os turistas pagavam. O que era compreensível, já que aquele patrimônio universal, na verdade, era deles.

A mulher seguiu a passos largos em direção ao local combinado. Logo encontrou um grupo de seis xamãs, todos ornados com roupas, acessórios e alguns instrumentos musicais. José estava no meio, inconfundível. Era o único que usava roupas ocidentais, com o mesmo velho e estranho chapeuzinho.

A mulher sentou no chão ao lado dele e sussurrou:
— Sou eu, Tide!

José imediatamente começou a rir para logo em seguida disfarçar e fingir que ela fazia parte do grupo.

— Esta es Violeta, nuestro invitado![10] — foi com esse nome que José a apresentou a todos.

A roupa pinicava uma enormidade e, somada ao calor insuportável, tornava aquela experiência desastrosa. Tide suava em bicas e vez ou outra enfiava o dedo em volta do pescoço pra aliviar um pouco a gola.

— O grupo que vinha desmarcou — José falou enquanto percebia a dificuldade que era pra ela carregar toda aquela parafernália de roupas pesadas. E continuou: — Acho que só tem você pra iniciação. Aliás, pode tirar essa roupa, se quiser. Você está entre amigos, aqui ninguém vai te fazer nenhum mal.

Ela começou a tirar peça por peça. Os homens fingiam não olhar, respeitosos e com receio do que pudesse ter por debaixo das saias. Mas tinha apenas a roupa normal de gente da cidade grande.

Tide recolheu a roupa, colocou num saco plástico que José deu pra ela e sentou entre os homens. Só havia ela de mulher. A cerimônia xamânica começou. Eles pitavam um cachimbo pequeno cheio de ervas, muitas flores enfeitavam em volta formando um círculo. Pequenas cestas de oferendas eram distribuídas pelo chão, e os atabaques, chocalhos e pequenas flautas andinas eram tocadas por todos, inclusive por ela, que preferiu

---

[10] — *Esta é Violeta, nossa convidada!*

um chocalho lindo cheio de sementes coloridas. Só então percebeu que eles estavam à beira de um enorme desfiladeiro bem em frente à montanha sagrada de Waynapicchu. Uma enorme força cercava aqueles homens naquele lugar, a força dos ancestrais que pareciam se mover em torno. Não se podia dizer que fosse eco, mas um som permanente estava por perto, como se por perto estivesse o som da antiguidade. Para Tide, parecia que o som das flautas se misturava ao de vozes femininas. Aos poucos foi ficando tonta, tão tonta que procurou um lugar quieto onde pudesse deitar. Quando acordou, a cerimônia já tinha acabado e ela pôde ver que estava sozinha, deitada sobre uma laje negra no mais alto pico da mais alta montanha de Machu Picchu. José estava com ela.

— O que aconteceu?

— Não se mexa, você está à beira de um precipício.

— Já percebi — Tide olhou em volta. — Isso é uma pedra de sacrifício? — perguntou.

— Talvez fosse, hoje usamos pra iniciação. Você apagou. Achamos que foi mistura de emoção com altitude, com o cachimbo que você fumou e mais a bebida.

— Não me lembro de nenhuma bebida. Vocês me drogaram?

— Claro que não, aqui ninguém usa isso, não precisamos. Você tomou chicha, que era uma bebida muito usada pelos nossos ancestrais e que é resultante da fermentação do milho. O milho é a nossa vida. A altitude também pode ter prejudicado você. Mas o que contou mesmo foi o seu corpo. É corpo de gente da cidade, muito fraco, não aguenta a força dos Andes e da chicha — e desandou a rir.

— É, você tem razão... — Tide ria também.

— Soubemos o que aconteceu com você no restaurante — aos poucos José foi ficando sério.

— Por pouco não comi aquela comida.

— Quem era o homem que morreu?

— Oscar, filho de Marília, minha amiga que morreu assassinada em Lima.

— Toma cuidado. Ainda bem que você não comeu a comida...

— Provavelmente a minha também estava envenenada.

— Por isso se disfarçou tanto hoje? — e voltou a rir.

— É claro — acompanhou o riso dele com os olhos alegres outra vez.

— Olhando rápido, você parecia mesmo uma das nossas mulheres. Onde arrumou aquelas tranças?

— Comprei de uma mulher que passou por mim. Dei sorte, percebi que ela usava peruca.

— Vou prestar mais atenção nas mulheres por aqui — José ria enquanto a olhava enviesado por debaixo do chapéu. Ela era realmente surpreendente.

— Pois é, José, mulher é igual em qualquer lugar do mundo. Elas dizem que têm tudo natural, mas, se procurar bem, é mentira. Na verdade, elas adoram se enfeitar pros homens.

Tide tentou levantar, mas parecia impossível.

— Fique quieta, não se mexa. Estava esperando você acordar pra terminar a iniciação — ele falou sem que ela pudesse saber onde ele estava.

— Se não posso me mexer, o que que eu faço?

— Nada, eu que faço. Está vendo as nuvens acima de você?

— Só estou vendo isso — Tide riu, talvez de nervoso, com medo de escorregar da pedra ou de respirar mais forte e cair.

— Percebe que a natureza fala? O céu todo está encoberto por nuvens densas, apenas em cima de você há uma abertura azul no formato exato da pedra em que você está deitada. Isso é bom, significa que a sua iniciação é aceita pelos deuses. Vou ensinar você a reconhecer os sinais.

Tide olhou pro espaço no céu. Apenas naquele pedaço em cima dela uma nesga azul sorria. José nesse instante margeava o desfiladeiro em torno da pedra e cantava baixo numa voz que seria impossível ouvir. Fumava um pequeno cachimbo de vez em quando, levantando as mãos pro ar, enquanto Tide percebia nitidamente que a cerimônia de iniciação estava acontecendo. Apesar de não saber ao certo como ele andava sobre o desfiladeiro sem cair. Provavelmente em cima de alguma pedra que contornava mais abaixo o lugar onde ela estava. Isso ela apenas imaginava, sem poder sequer mexer um músculo. Só que, de repente, começou a sentir em sua mente um certo alívio, uma vontade enorme de dormir. Mas os olhos se mantinham abertos e felizes por ela ter tido a coragem de ficar ali independente do perigo. Enfim, o cansaço chegava, talvez por causa dos últimos acontecimentos, e então aos poucos ela cochilou, as mãos crispadas enfiadas na pedra, um jeito quase impossível de se manter na mesma posição enquanto a alma voava.

Quando finalmente acordou, Machu Picchu já estava às escuras. José esperava pacientemente ao seu lado.

— Acordou?

— Como vim parar aqui? Você me carregou?

— O vento te trouxe.

— O vento? Dormi quando estava naquela pedra sobre o desfiladeiro e nem sei como não caí. E agora estou aqui nesse lugar fechado — então ela reparou que o lugar não era totalmente fechado. Não tinha telhado, as estrelas invadiam por cima e era tudo muito lindo. Nunca tinha imaginado que estaria em Machu Picchu numa noite tão linda, numa casa sem teto.

— Você está no Templo do Sol. E não caiu porque ninguém cai de uma pedra de iniciação. Havia um segundo patamar abaixo de você pra te amparar, caso precisasse. Mas não precisou, o vento te trouxe. É claro que eu dei uma mãozinha — e riu.

Ela levantou e foi olhar do lado de fora. As estrelas estavam lá, em torno de tudo.

— Percebe que os seres do nosso passado construíam réplicas idênticas aos da natureza? Veja só! — José apontou.

Tide então percebeu pela primeira vez um conjunto de pequenas protuberâncias esculpidas pelo homem e que correspondiam exatamente às montanhas que eles viam dali. Ficou impressionada com a grandeza do lugar. Sentia uma paz como nunca, nem sabia que existia dentro dela uma paz como aquela. Sorriu pro universo e achou uma grande besteira a ganância de tanta gente atrás de ouro se a verdadeira riqueza era aquilo que eles estavam usufruindo ali.

Por um bom tempo continuou a sentir o vento, a apalpar as estrelas que estavam sobre a sua cabeça como se o resto do mundo tivesse sumido. Só muito tempo depois se deu conta de que Machu Picchu estava fechava. Perguntou temerosa:

— Como vamos sair?

— Não se preocupe, a bilheteria fecha, mas temos muitas formas de entrar e sair daqui pelos Três Caminhos. Você agora é uma iniciada no xamanismo. Tem a proteção dos xamãs e dos deuses.

— Tô precisando mesmo. Mas, me diz uma coisa, José, você sabe quem é que tem tanto interesse nas treze chaves, a ponto de querer me matar e matar o Oscar?

— Pena, minha amiga, mesmo que eu soubesse não poderia falar sem correr o risco de ser morto também.

— É mesmo? Então, desculpe, deixa pra lá.

— Bem, vou te levar pra pousada. Meu carro está perto. Vem, vamos seguir por um dos caminhos, o caminho dos deuses, que não é íngreme.

Realmente, o caminho dos deuses era bem mais tranquilo. José ensinava pra ela um pouco do que conhecia. Algumas ervas recolhidas por onde passavam, alguns pontos que esclareciam essa nova forma de ver o universo adquirindo um novo sentido.

Tide, simplesmente calada, observava e absorvia o que podia tentando ampliar ao máximo a sua mente pequena e tímida. O que ele dizia era muito mais do que ela esperava de uma iniciação em apenas um dia.

Quando chegaram ao carro, algumas horas depois, a noite avançava também dentro dela. Estava cansada.

XIII

ERA BEM TARDE QUANDO Tide saiu do carro em frente à pousada. A polícia esperava por ela.

— Buenas noches, señora!
— ¡Buenas noches!
— La dama es la Sra. Judith Gonçalves Porto?
— Sí...
— Tienes que ir a la comisaría para ser interrogada.
— ¿Ahora?
— Sí, hubo un homicidio, la dama estaba presente, necesitamos su testimonio para saber lo que pasó.
— Necesito un intérprete, então. Yo falo español, mas no tão bem como português. Na verdade hablo portunhol.

— No te preocupes, tenemos un intérprete en la comisaría.[11]

Quando Tide entrou no carro da polícia, o carro de José deu meia-volta e desapareceu lentamente na curva ao lado da pousada.

Na delegacia, muita gente esperava por ela, inclusive dois jornalistas que conheciam de perto o caso Marília. Tide cumprimentou com a cabeça, sentou, pegou um copo d'água que o delegado oferecia a todos e só então ficou sabendo dos detalhes.

O delegado afastou os dois repórteres e se voltou pra Tide como se ela fosse muito perigosa. Fez algumas perguntas num espanhol horroroso, com uma voz cavernosa que Tide sequer compreendia, até que o intérprete chegou.

— Boa noite, senhora, meu nome é Alfredo.

— Como vai?! Quero saber o que o delegado tanto insiste em saber. Não entendo nada do que ele diz.

— Ele tem a língua presa, não sei se deu para a senhora notar. Mas ele quer saber por que a senhora fugiu.

— Não fugi. Corri atrás de um homem esquisito que nos olhou segundos antes do Oscar cair.

— Correu atrás dele só porque ele olhou pra senhora?

---

[11] — *Boa noite, senhora!*
— *Boa noite!*
— *A senhora precisa ir à delegacia para ser interrogada!*
— *Agora?*
— *Sim, teve um homicídio, a senhora estava presente, precisamos de seu testemunho para saber o que aconteceu.*
— *Preciso de um intérprete, então. Eu falo espanhol, mas não tão bem quanto o português. Na verdade falo portunhol...*
— *Não se preocupe, temos um intérprete na delegacia.*

— Sim. Não vai traduzir pro delegado? — Tide estranhou.

— Claro! Mas primeiro quero saber como tudo aconteceu.

Olhou Alfredo detidamente. Não parecia suspeito de todo, mas alguém que escondia alguma coisa. Tinha os olhos de uma frieza mortal, a boca parecia crispada, talvez recolhida e atenta ao que ele mesmo pudesse dizer. Não pareceu realmente confiável, depois desse exame rápido. Se bem que a essa altura do campeonato, pra ela ninguém parecia confiável.

— Você é brasileiro? — Tide perguntou.

— Não, morei no Brasil quando era pequeno, então aprendi a língua na escola. Depois meus pais voltaram para o Peru, e estou longe do Brasil há muitos anos. Além do português, falo bem o inglês, e o espanhol, é claro. Afinal, moro numa cidade turística e tenho que falar com gente do mundo inteiro.

— Sabe quem teria interesse em matar o Oscar?

— Não encontramos nenhum documento com ele, por isso não temos certeza de sua identidade. Os nossos peritos estão trabalhando nisso, mas vai demorar um pouco até concluirmos. Por isso o seu depoimento é importante.

— O nome dele é Oscar Torres, mora numa casa linda em Lima, tem uma filha pequena de cinco anos. Ele era filho de uma amiga minha brasileira, que antigamente morava no Rio de Janeiro. Estranhamente, a mãe também foi assassinada um mês atrás — parou e perguntou: — Sabe quem pode ter feito isso?

— Só sabemos que o veneno usado foi imediato. Ainda não temos o resultado da autópsia, mas quem fez sabe fazer. Mas, agora, vou pedir licença pra senhora pra checar as suas informações.

— E na minha comida, havia veneno?

— Não senhora, nem traços.

Tide ficou esperando um bom tempo, sentindo já um pouco de dormência nas pernas e um cansaço que, vira e mexe, fazia com que cochilasse quase caindo da cadeira. Quando Alfredo voltou, encontrou uma Tide que roncava.

— Senhora! Senhora!

Ela acordou e olhou pra ele, muito assustada.

— Encontraram o assassino?

Ele riu e respondeu, irônico:

— Quem dera fosse assim tão rápido.

— Suas informações batem. Pelo que a polícia de Lima nos informou, Oscar Torres não era querido por aqui. Muita gente queria vê-lo morto. Uma boa parte do contrabando das peças encontradas nas cidades incas era comercializada por ele no exterior.

— Verdade? Eu não sabia.

— Parece que a senhora não sabe a metade. Ele e a mãe eram verdadeiros predadores das riquezas locais.

— Por isso Marília morreu?

— Quem matou, não sabemos, mas posso garantir que mãe e filho encontraram o que procuravam.

— O senhor, por acaso, tem uma foto dos dois ainda vivos?

— Não... mas já estamos levantando os dados. Como a senhora deve ter percebido, Aguas Calientes é uma cidade muito pequena, não temos recursos como os que há em Lima.

— Mas é uma cidade turística. Deve acontecer muita coisa ruim.

— Sabe que não? É raro.

— Bem, então eu sou uma privilegiada! — Tide abriu um sorriso amarelo, enquanto Alfredo conversava com o delegado. Quando ele voltou, ela perguntou:

— E a faca que estava em meu quarto? A polícia de Cuzco já sabe de quem é o sangue que estava nela?

— Eles já entraram em contato. Cruzamos as informações e checamos a sua queixa em Cuzco. O sangue encontrado na faca é de galinha.

— Não é de Marília?

— Não, minha senhora, de galinha bicho — e riu até não poder mais, acompanhado por todos os que estavam por perto.

— Então, já que tudo parece brincadeira, se o senhor me dá licença, vou voltar pra pousada. Estou um caco.

— Não, ainda não, nem iniciamos a investigação. A senhora está com pressa?

— Colocam uma faca manchada de sangue na minha cama com um bilhete dizendo que era o sangue da minha amiga e o senhor vem com brincadeira?

— Quem fez isso queria apenas assustar a senhora. Não sabia que a senhora entregaria a faca pra polícia.

— Bem, se sou a vítima aqui por que o senhor e o delegado me olham como se eu fosse uma criminosa internacional?

— Ninguém está fora de cogitação. — Alfredo falou, mais sério ainda. — Por precaução interditamos o restaurante e prendemos o garçom. Infelizmente, o cozinheiro sumiu. A sua comida não estava envenenada. Sinto muito, mas a senhora e o cozinheiro são os principais suspeitos no caso.

— Eu? Suspeita?

Tide não sabia o que dizer. Tudo agora parecia extremamente confuso e inusitado. Ainda não tinha processado os últimos acontecimentos. Um medo fino atravessou seu coração em direção à garganta. As palavras fugiam e tudo parecia ofuscado pela luz intensa da sala. Alfredo esperava, o delegado olhava pra ela com tanto descaso que ela sentiu que naquele lugar havia algo complicado que fugia à sua percepção. Lembrou da cena do Ano-Novo, o momento exato em que os policiais sequestravam a mercadoria de Consuelo. Quem podia garantir que aqueles policiais também não estavam envolvidos? De repente, ela percebeu que podia ser o alvo principal de uma cilada. Levantou, olhou pros dois e, lentamente, compulsivamente, começou a chorar. Não que estivesse com vontade de chorar, mas a mulher tem algumas vantagens que ela queria aproveitar naquele momento pra ganhar tempo.

Foi então que a atitude dos dois mudou um pouco. Trouxeram chá, cafezinho, algumas bolachas sem graça e foram mais cordatos. Afinal, ela era brasileira e não seria adequado pra ninguém um escândalo internacional com dois repórteres na sala ao lado. Aliás, era cômica a cara do delegado, um buldogue de papel passado, tentando ser gentil. Até que Alfredo se sentou do lado dela e, solícito, pediu:

— Queremos saber agora a sua versão.

Tide calmamente começou seu relato, enquanto Alfredo traduzia. Começou pela casa do Oscar em Barranco, aliás, uma casa linda. Descreveu os pormenores da casa, o criado, as peças incas, a morte de Marília, a sua vinda a convite da família da amiga, a alegria em conhecer Machu Picchu. Este seu relato pormenorizado demorou quase uma hora, entremeado por pequenos goles de chá e mordidas disfarçadas nas bolachas murchas de água e sal. Contou do estudo das duas no Parque Lage, no Rio de Janeiro, falou da cidade, da beleza geográfica do Rio, de Copacabana, da música de Tom e Vinicius — cantarolou as mais conhecidas —, falou da vida alegre numa cidade repleta de mulheres lindas. Enfim, o seu relato parecia tão entremeado de coisas atraentes que todos na delegacia ouviam extasiados, mesmo compreendendo pouco o que ela dizia.

Não contou o seu encontro xamânico, as suas dúvidas, os encontros com Efigênia, Consuelo e Esmeralda. Nem mesmo o encontro com os dois homens enviados à sua casa no segundo dia do ano. Não contou nada sobre as treze chaves. Nem sobre a sua desconfiança em relação a Alfredo e ao delegado. Nem sequer falou da necessidade enorme de fugir dali no primeiro avião. E, rapidamente, passou para o jantar fatídico.

— Oscar me convidou pra jantar. Ele era muito atencioso comigo, um verdadeiro anfitrião. Ele me emprestou algum dinheiro, tinha dito a ele que havia gasto mais do que o previsto. De repente, foi tudo tão rápido. Quando o garçom trouxe a comida, nesse exato instante foi que vi o homem inglês. Vestido com uma roupa estranhamente quente para o clima de Aguas Calientes. Quando olhei o rosto do homem pela janela do restaurante percebi que ele esperava por algo que deveria acontecer com Oscar. Gritei, mas não dava mais tempo. A primeira garfada já lhe descia pela garganta. Ele morreu instantaneamente. Me lembro que o homem inglês sumiu como num passe de mágica. Saí correndo do restaurante na tentativa ainda de ver por onde ele tinha seguido. Nada. Desapareceu completamente por entre as sombras das ruas mal iluminadas. Aliás, a prefeitura devia usar um outro tipo de iluminação. A gente não enxerga quase nada por aqui. — Tide reclamou.

— Então a senhora quer nos dizer que o principal suspeito era esse homem vestido com roupas pesadas?

— Sim. Vi esse homem duas vezes, uma primeira à tarde, antes do jantar. Aliás, eu o vi no hall de entrada da pousada onde estou. Os senhores podiam ir lá checar. E depois no momento em que Oscar morreu — e de repente, perguntou: — Vocês usam retrato falado?

— Retrato falado? — Alfredo perguntou, como se nunca tivesse ouvido nada disso.

— Por favor, seu delegado, me dê um pedaço de papel e lápis. Posso fazer um retrato pra vocês. Sou ótima em pintar fisionomias. Tenho uma memória fantástica.

Apesar do pedaço de papel ter demorado um bom tempo pra chegar às suas mãos, quinze minutos depois o retrato do homem inglês passava de mão em mão na delegacia. Aliás, foi Tide quem entregou uma cópia escaneada para os jornalistas da sala ao lado, que ficaram extremamente excitados com a entrevista que ela disse que Alfredo e o delegado dariam pra eles.

Quando ela deitou na cama dura da pousada seu corpo parecia ser de gesso quebradiço. Toda ela estalava, e uma pequena dor de cabeça persistia por detrás dos pensamentos que iam e vinham como numa enxurrada. Perdia totalmente o controle da sua mente, por isso resolveu meditar. Ali deitada, quieta, pacata, sem som nenhum que a perturbasse, fechou os olhos, limpando a mente de qualquer pensamento, interrompendo o movimento incessante, dando um ponto final naquele turbilhão de sentimentos que se entrechocavam. Aos poucos desacelerou e, finalmente, meditou durante um bom tempo até que dormiu.

No dia seguinte, quando saiu da pousada, já era quase meio-dia. Tinha dormido demais, cansada e com medo de sair sozinha. Quando comprou o jornal, logo na primeira página vinha o rosto do turista inglês, com uma tarja dizendo: *Procurado*.

Era o retrato que ela mesma tinha desenhado na noite anterior. Olhou detidamente e chegou à conclusão de que estava perfeito, de que ela pintava melhor a cada dia.

O rosto de Marília apareceu ao lado dela debaixo das amendoeiras onde as duas sempre sentavam pra pintar. Marília parecia triste dessa vez. Talvez porque nos pensamento de Tide corresse um vento frio pela morte de Oscar. Decididamente, apesar de tudo, ainda gostava da amiga e no fundo desconfiava de tudo o que Alfredo tinha dito. De qualquer maneira, o principal, ela sabia, ainda estava por vir. Era só esperar.

O dono da pousada já havia informado à polícia que ele jamais tinha visto o homem do retrato. Tide desconfiava, desconfiava. Nos dois últimos dias, ela nada mais fazia além de desconfiar. Andava pelas ruas se sentindo observada, apesar de agora usar, na maior parte do tempo, as roupas andinas. Então parava, sentava em qualquer lugar só pra poder dimensionar melhor o perigo. Até que cansou. De repente, relaxou. E ficou matutando um jeito novo de analisar os fatos. Certamente havia ali muita coisa que não tinha percebido. Pois se nada fazia sentido, é porque a mente não estava fixa o suficiente. Na verdade, a cidade de Machu Picchu ocupava todos os seus sentidos, e do jeito que as coisas iam ela teria que se concentrar.

Sorriu pros seus próprios pensamentos e atravessou a rua entre as barraquinhas que enfeitavam os trilhos do trem em Aguas Calientes. O dia estava lindo. Pensava na filha do Oscar, agora sem pai, sem avó, sem família. Lembrou dos olhinhos alegres da menina, seu cabelo negro lindo. Sentiu um certo arrepio, o corpo crispado, e a sensação exata de que havia ali muito mais. Pena que Oscar tinha morrido exatamente no momento em que ia contar o que ela realmente precisava saber. Não podia mais ir embora, a polícia tinha deixado bem claro que ela ainda não podia voltar pra casa. Foi então que marcou um prazo. Se em uma semana o caso não fosse resolvido, ela ia procurar a embaixada.

XIV

QUANDO CHEGOU A OLLANTAYTAMBO não acreditou na beleza do lugar. As montanhas abraçavam a cidade, e o olhar das mulheres e dos homens era tão intenso que parecia que em cada rosto ela descobria um novo segredo. Procurou um hotel — aliás, era um dos poucos que parecia habitável — e descansou por algumas horas. Tomou um bom banho nas águas límpidas de Ollantaytambo, trocou de roupa e saiu.

Resolveu seguir com precisão o mapa que Oscar lhe havia enviado. Era um mapa igual a todos os que os turistas carregavam, apenas aqueles três pequenos pontos em forma de pirâmide se destacavam próximos do lugar onde ela agora pisava.

Uma flauta andina, doce e suave, passou ao seu lado. Era um menino, devia ter em torno de 15 anos, um guia que olhou pra ela e se ofereceu para ser o seu acompanhante em toda a jornada. Segundo ele, havia lugares muy lindos em Urubamba, Pisac, Ollantaytambo, enfim, nas cidadelas que margeiam o rio Urubamba. Apesar de estar particularmente interessada em Ollantaytambo, Tide aceitou, achando uma dádiva poder ser escoltada, guiada e acariciada pela belíssima música que o menino tocava.

O início do percurso foi suave. Ela havia malandramente despachado pro Brasil a maior parte das roupas. A mochila continha agora apenas um short, uma calça comprida, uma camiseta, algumas roupas de baixo, o disfarce andino que ela certamente usaria quando precisasse, uma capa de chuva de plástico, um cantil e uma lanterna. No corpo trazia a calça comprida de brim, uma camiseta, um tênis, um chapéu-panamá lindo e as treze chaves dentro da bolsinha de viagem, colada no umbigo. O dia não estava ensolarado, algumas gotinhas de chuva despencavam sobre o guarda-chuva que ela mantinha aberto. O pequeno guia, vez por outra, olhava pra ela com curiosidade, certamente achando inusitado alguém usar guarda-chuva por ali, mas nunca tirava a flauta dos lábios, nem pra rir.

De vez em quando, ele parava e olhava as montanhas de Ollantaytambo como se procurasse alguma coisa. Quando Tide perguntou o que era, ele disse que os dois estavam sendo protegidos pelo guardião do fogo. Que isso era bom, mas poderia também ser perigoso.

— Ah, conheço esse guardião. Tem os olhos vermelhos, não tem?

O menino não entendeu o que ela quis dizer.

— Quero dizer, tiene los ojos rojos, no?

Ele balançou a cabeça afirmativamente e voltou a tocar. Tide insistiu:

— Ele nos protege? Pensei que queria atacarnos.

O menino deu de ombros e disse:

— Si tú y yo no fuimos atacados hasta ahora es porque no quiere.

— Qual es su nombre? — Tide perguntou.

— Rumi.

— Que quiere decir?

— Fuerte y eterno como la piedra.

— Que lindo! — Tide arrastava no espanhol enquanto seus olhos se voltavam pra cima das montanhas, observando, assimilando, tentando intuir onde o portal poderia estar. Vez por outra consultava o mapa. Se sentia pouco confiante porque as três pequenas pirâmides apontavam algo para o centro delas sem que houvesse exatamente um ponto preciso. De repente, viu que, por trás das ruínas por onde passavam, um grupo de mulheres andinas estava sentado arrumando um cesto com folhas de coca. Não conversavam, estavam absorvidas no trabalho e nem se deram conta da presença dos dois.

Tide não sabia exatamente o que estava sentindo. Os dois caminhavam lentamente. Ela olhava as escadarias altíssimas de Ollantaytambo, desconfiando de suas pernas. Certamente não conseguiria chegar lá em cima. Estavam no meio da floresta, numa espécie de clareira com três pequenos montes à sua frente. De repente, algo cintilante chamou sua atenção. Era uma luz dourada que aos poucos descia como se um disco flamejante viesse do céu até o meio da vegetação que se estendia na frente dos dois. Pararam. Rumi parou de tocar e olhava atentamente a grande parede de granito preto erguida na frente dos dois. Ele gritou:

— Mi Nuestra Señora! ¿Qué es esto? — e caiu ajoelhado no chão.

Tide chegou perto da pedra, esticou a mão, com medo talvez de que tudo não passasse de uma aparição. Apalpou cuidadosamente a pedra em toda a sua extensão. Mas, à medida que apalpava, a pedra se deslocava suavemente ora pra cima ora pra baixo, como se um vento suave a embalasse. Não estava fincada no chão, pairava no ar como se a força da gravidade ali não existisse. Ela finalmente encontrou uma ranhura, esticou a mão devagar, retirou da bolsinha de viagem o molho de chaves, introduziu a primeira chave em algo que parecia um buraco. Imediatamente mais doze pedras apareceram à sua frente, mas não eram reais. Ou seja, Tide não conseguia tocar nelas, pareciam pertencer a um outro plano, talvez mental.

Nesse instante percebeu que os olhos de Rumi aumentavam de tamanho. Olhou na direção que o queixo dele apontava. Um grupo de homens armados até os dentes chegou saído do nada.

Tide rapidamente retirou a chave do portal e tudo desapareceu.

— Vamos lá! Esqueceu como se abre uma porta? — Santuário gritou.

— Estava esperando você pra terminar o serviço. Precisava das palavras mágicas, que só um ladrão pode dizer: Abra Cadabra!!! Vamos, fala!!!!

Santuário coçou a cabeça e olhou pros comparsas, dizendo:

— Essa mulher é maluca!!!

Os outros que estavam com ele sorriram de lado, enquanto Santuário chegava perto dela. Rumi se colocou à frente do corpo de Tide.

— Ella es mi barrio. ¡Fuera de aquí!

— Ah, pero chico es valiente. Hazte a un lado, mocoso, ella tiene algo que nos pertenece — e desandou a correr atrás de Tide, que saiu em direção à parte mais densa da floresta tentando se esconder.[12]

— Agora, minha tia, adeus!!!! — Santuário sacou uma pistola com o cano voltado exclusivamente pras costas de Tide e atirou.

O calor estava intenso, mas nos Andes o calor nunca é intenso demais. Então, Tide não compreendeu quando a bala sumiu dentro de uma enorme labareda que surgiu, erguendo uma espécie de parede de fogo entre ela e os bandidos.

No meio da confusão viram o guardião se erguer, e em cada um dos pés dos bandidos uma pequena labareda apareceu, a ponto de fazer com que todos corressem desatinadamente para fora da floresta em busca de água. As chaves foram de volta pra bolsinha de viagem assim que Tide se acalmou.

---

[12] — *Ela é minha protegida. Saiam daqui.*
— *Ah, mas o menino é valente. Sai da frente, fedelho, ela tem uma coisa que nos pertence.*

Os olhos injetados e horripilantes do guardião pareciam suaves agora. Ela não compreendia como algo tão sobrenatural podia existir de verdade. Não era dada a especulações fantasiosas, isso deixava a cargo de gente como Marília, mas não podia ignorar o fato de ter sido salva por um ser desse tipo.

Quando tudo sossegou, o guardião tinha sumido. Ela e Rumi deitaram no chão, assustados e exaustos.

— ¡Gracias! ¡Eres muy valiente!

— ¡Gracias! Pero yo no soy valiente. Lo hice por mi pueblo.

— ¿Pueblo? ¿Qué pueblo?

— ¡Mi pueblo! ¡Viene, es hora de que conozcas a mi pueblo![13]

Seguiram por uma pequena trilha. Ele apontava no mapa de Oscar o lugar certo por onde deviam seguir. No meio da floresta de Ollantaytambo, bem aos pés da grande montanha, Rumi e Tide entraram em uma pequena caverna, que mal dava pra passar sem se espremer. Engatinharam uns 15 minutos até que um pequeno lugarejo surgiu. Era magnífico. Um verdadeiro império inca, provavelmente desconhecido, incrustado em plena selva amazônica, protegido por altíssimas muralhas de pedra, entre Ollantaytambo e Machu Picchu, apareceu. Ela estancou admirada.

---

[13] — *Obrigada! És muito valente!*
— *Obrigado! Mas não sou valente. Fiz o que fiz pelo meu povo.*
— *Povo? Que povo?*
— *Meu povo! Vem, é hora de conhecer meu povo!*

Consuelo apareceu atrás deles. Rumi e ela se abraçaram.

— ¡Este es mi hijo, señora!
— Seu filho? Nossa, que surpresa!

Mãe e filho indicaram a ela o caminho. Uma estrada com muitas pedras — algumas pareciam preciosas — levava ao centro do pequeno lugarejo.

— Estamos em El Dorado?
— Paititi? ¡Oh, no, Paititi es muy bonito, ni siquiera comparar! Esta es Pusharo, nuestra cidad e o portal para se chegar a Paititi.

Rumi falou:

— Esta es nuestra casa. Esta es nuestra gente. Estamos aislados de todo, pero ya no tenemos tanta riqueza como que teníamos. Nuestros ríos se están secando porque las aguas que vienen a nosotros ya se han contaminado lejos aquí.[14]

Consuelo completou o pensamento do filho de forma que Tide entendesse:

— La agua chega contaminada y la comida da floresta, que comemos, está desapareciendo e a causa és algúns poderosos que extraen las riquezas de la tierra, matam os animales, queimam nuestros bosques.

— A Amazônia está sendo queimada. É isso que você quer dizer?

Consuelo respondeu que sim com a cabeça.

---

[14] — *Esta é a nossa casa. Esta é nossa gente. Estamos isolados de todos, mas já não temos tanta riqueza como a que tínhamos. Nossos rios estão secando porque as águas que chegam aqui, chegam contaminadas.*

— No Brasil também estamos vendo isso. Não sei o que vai ser de todos nós se isso continuar acontecendo.

Tide agora descia a montanha apoiada no ombro de Rumi. Consuelo continuava falando, explicando até não poder mais o desespero que eles estavam passando.

— E o que a chave de Paititi, que você me deu, tem a ver com isso?

— Nosso tesoro más precioso son las chaves de las puertas de Paititi. Além de los tesoros de joyas y oro, o pueblo de Paititi tiene una sabiduría antigua que necesita ser preservada. Las riquezas naturales de Paititi também precisam ser preservadas. El hombre moderno no sabe qué fazer con el conocimiento que tem. Muchas guerras se pueden evitar si Paititi continuar siendo la cidade perdida, o El Dorado. Nuestra gente puede seguir viviendo aquí. Yo no tinha todas las chaves, só la chave principal. Oscar tenía as doze chaves que faltavan. Fiz lo que fiz porque sabía que Marilia había sido su amiga y que ella a chamaría si soubesse que la chave principal estava com usted.

— Por isso você me passou a chave dentro da bolsa...

— Los policias fueron atras de mim em Brasil porque achavam que yo era un traficante de drogas...

— Por isso pegaram toda a sua mercadoria...

— Sí, los proprios traficantes me denunciaron. Algunos pensan que la policía estaba buscando las chaves. Así que la policía de Rio confiscou todo, por suerte usted já havia comprado la bolsa. No sé si me deicharon ir porque viram que yo no tenía nada que ver con el tráfico o porque viram que no había chave comigo.

Tide ficou calada. Lembrava da noite do Ano-Novo, mas misturava ao mesmo tempo os últimos acontecimentos. Processava agora lentamente o que tinha acontecido. A aparição de Santuário e do guardião estava muito forte em seus sentimentos. Tremia ainda, achando que uma experiência assim com o tiro e as labaredas em volta iam influenciar pra sempre o resto de sua vida.

Desciam agora as montanhas, enquanto Tide pensava no sufoco que seria voltar escalando morro acima. Um sinuoso e extenso rio margeava a cidade no seu ponto mais baixo.

— Que rio é aquele?

— Madre de Dios!

— Quer dizer que os espanhóis também andaram por aqui!

— Si, como non. Habia um padre jesuita, Andrea Lopez, que encontrou as treze chaves e, por isso, foi conduzido a Paititi pelos deuses. Ele no sabía cómo usar las chaves, pero dicen que las puertas apareció para ele exactamente cuando el sol y la luna eran favoraveis. Él era el único que podía entrar y salir de Paititi.

— Já tinha ouvido falar nesse padre. Parece que ele é responsável pelo tesouro espanhol que também está sumido.

— Si... Dicen que, junto con los tesoros de nuestros pueblos antigos, este sacerdote también escondeu el tesoro de Lima, de Nuestra Señora del Rosario.

— Então, está tudo em Paititi? — Tide perguntou.

— No sólo toda la riqueza en oro, piedras preciosas, joyas, mas también un conhecimento que pode dar demasiado poder aos que chegarem em Paititi.

Acabavam de descer as montanhas e entraram em um vale esplendoroso. Rumi agora apontava uma casa belíssima, de dois andares. Uma criança linda, com os olhos extremamente alegres, se abraçou a Consuelo. Tide achou diferente uma mulher morena, totalmente indígena, ter uma filha com os cabelos louros.

— Esta é Carolina, minha filha do segundo casamento. Irmã de Rumi. Ela é lourinha porque puxou o pai — e riu como se adivinhasse a surpresa estampada no olhar de Tide.

— Linda! — Tide se aproximou dela com carinho. De repente lembrou que a filha de Oscar também se chamava Carolina. Certamente, uma curiosa coincidência.

Consuelo se aproximou de Tide.

— Vejo que manten la imagen de la virgen em su corpo.

— Sim, Nossa Senhora do Rosário. Por que você a deixou comigo?

— Só un regalo. Yo sabía que un día sería mi amiga.

— Regalo? — Tide pensava o que regalo queria dizer. De repente, lembrou: — Um presente? Mui grata! — as duas se abraçaram.

Quando entraram na sala, ela percebeu que a casa de Consuelo era ricamente decorada, que verdadeiras preciosidades apareciam esculpidas pelas mãos antigas dos incas. Tide olhava detidamente cada uma delas, até que perguntou:

— Você é mesmo arqueóloga?

— Si, como sabes?

— Sua irmã me contou.

— Deve haver um equivoco, eu no tengo irmã. Apenas um irmão, aquele que estaba comigo em Copacabana na noite de Ano Nuevo.

— Bem que eu desconfiava! — Tide exclamou enquanto tirava os sapatos e sentava na almofada no chão, com as pernas entrelaçadas na posição de lótus. Finalmente concluiu: — Eta, esse povo peruano ou é muito criativo ou adora mentir.

XV

NAQUELA NOITE, SOUBE QUE a pequena e pacata cidade esperava por ela há um bom tempo. Nem bem entraram na praça, percebeu que um grupo de pessoas, de todas as idades e de uma forma bem respeitosa, se acercava dos três como se precisasse protegê-los. Rumi e Consuelo esperavam por isso, mas Tide não sabia exatamente o que podia acontecer com tanta gente desconhecida em volta.

Entraram num restaurante iluminado à luz de velas. Uma boa parte do povo, disfarçadamente, se prostrou na porta de entrada disposta a ficar ali durante o tempo em que os três permanecessem lá dentro. Um outro grupo se acomodou num pequeno banco, esquadrinhando tudo o que acontecia em volta do restaurante.

Tinham deixado Carolina em casa, dormindo. E, nesse instante, Consuelo e Rumi sorriam pra ela de forma cordata e feliz.

— Por que esse pessoal tão hospitaleiro da cidade está tendo esse comportamento?

— Eles sabem que usted es mensageira, a que trouxe las chaves. Eles sabem que usted necessita de protección.

Enquanto Tide olhava em torno, o garçom anotava o pedido, feliz por poder servir gente tão importante. Pediram arroz com pato, ceviche para Tide, e mais alguns pequenos pratos saborosos que Consuelo queria que ela conhecesse. A maior parte à base de milho.

— Impressionante a gastronomia aqui no Peru — Tide observava a variedade do cardápio.

— São mais de quatrocentos pratos, por isso a gastronomia peruana é patrimônio cultural nacional desde 2007.

— Verdade?

Nesse instante, um alvoroço na porta do restaurante chamou a atenção de todos. Do nada, Efigênia surgiu ameaçando Rumi com uma pistola.

— Fica todo mundo bem quietinho. Quietinho, Rumi! Quietinha, Consuelo. Minha conversa é com a Dona Judith.

— Comigo? — Tide levantou.

— Calma, dona Judith, fique calma ou o menino aqui já era. Ou você me dá as chaves ou eu apago o garoto.

Tide não sabia exatamente o que pensar. Apenas percebia que a sua intuição ainda estava afinada. Efigênia finalmente demonstrava que não era flor que se cheire.

— Veja só, Consuelo, essa é sua irmã! Como é que uma tia pode tratar assim o sobrinho?

— Fue ella que disse que era mi hermana?

— Foi! — Tide esperava a reação de todos.

— Mira si tengo una hermana vigarista!! Ahora, mi hijo pierda! Ahora, solta mi hijo!!! — Consuelo estava completamente alterada.

— Vem, vem que eu mato ele! — Efigênia berrou.

Consuelo parou olhando pra Tide.

— Desculpe interromper a reunião de família, mas, Efigênia, você acha que com esse pessoal todo em volta nós vamos ter medo de você? — Tide sorria.

— A senhora acha que eu sou burra?

— Muito! Só uma burra viria a uma cidade pequena como essa ameaçar o povo daqui!

— Não vim sozinha, minha tia.

— Eu não sou sua tia, querida. De mais a mais, se você olhar pra trás vai ver o Santuário e mais os cinco que você trouxe de um jeito maravilhoso. Agora sei que você é a responsável por eu ter o Santuário e o seu comparsa na minha vida.

— Tem sido um prazer!

— Mas tem um detalhe! Eles não aprendem, né? Quase pegaram fogo nas montanhas e agora querem apanhar desse povo todo.

Efigênia se virou devagarinho, trazendo Rumi consigo. Dezenas de carabinas, espingardas, pistolas, algumas foices e machados estavam nesse exato instante direcionados pra eles.

Todos ficaram se olhando por um segundo até que Tide berrou:

— Pessoal, solta o chumbo! — e puxou de um só golpe o corpo de Rumi contra o seu. Todos abaixaram e um sem-número de balas perdidas foram disparadas a ermo. É que nesse exato instante, ou por um golpe de sorte ou porque alguém acionou o disjuntor geral da cidade, mas de repente, do nada, faltou luz. Em cada canto que se olhasse nada havia que não fosse breu e um céu magnífico que lançava sobre eles um mar generoso de estrelas. Por um instante Tide olhou aquela maravilha, como se todas as estrelas compartilhassem a mesma sabedoria, e riam dali de cima, olhando os minúsculos seres humanos que mais uma vez se matavam por nada.

Tide finalmente correu. Todos haviam desaparecido na escuridão da cidade. Não havia mais Consuelo, nem Rumi, nem Efigênia, nem Santuário, apenas uma Tide que não sabia ao certo como se livrar das balas que ricocheteavam

Nem bem chegou ao meio-fio, um carro parou ao seu lado, e alguém de dentro gritou:

— Entra!

Tide entrou sem saber direito se devia. Uma linda cascata de cabelo mel acobreado emoldurava o mais lindo sorriso que havia sobre a Terra.

— Marília!

— Querida! Depois conversamos, agora temos que fugir. Conheceu minha neta?

— Sua neta?

— Carolina, filha de Consuelo e de Oscar.

— Filha de quem??? — Tide perguntou.
— De Oscar!
— Mas Oscar tem mais de uma filha??
— Não, claro que não. Só tem essa.

O carro corria a toda velocidade, certamente fugindo dos olhares curiosos e principalmente da caminhonete veloz que tentava ultrapassar pra bloquear o caminho.

— Estive na sua casa, conheci sua neta. Mas não era a mesma que está com Consuelo.

— Nunca te vi por lá! — Marília dirigia como se fosse salvar o planeta.

— Mas foi agora, você tinha morrido.

— Ah, tinha me esquecido, você chegou depois da minha morte.

Entraram embaixo de uma ponte sinistra. A caminhonete estava recheada de bandidos que atiravam. Marília dirigia em zigue-zague, até que pegou o sentido contrário se enfiando dentro de uma caverna. Como é que podia haver uma caverna ali, naquele lugar tão sem espaço? — foi o que Tide pensou quando percebeu que a rua desapareceu instantaneamente como num passe de mágica.

— Ufa! — Marília parecia cansada, mesmo que ainda tivesse o mesmo sorriso nos lábios.

— Nossa, mulher! Onde você aprendeu a dirigir assim? — Tide perguntou, eufórica e feliz.

— No Brasil, ora bolas! Essas coisas só se aprendem no Brasil!! — e finalmente as duas se abraçaram como se abraçam as velhas amigas.

— Que bom que você está viva! — Tide chorava de felicidade.

XVI

A ENTRADA DA CAVERNA ERA SINISTRA, mas o interior era perfeitamente habitável. Ela jamais havia pensado que uma caverna pudesse oferecer tanto conforto.

— Só não temos luz elétrica aqui nessa nossa bat caverna! Mas o lampião e o fogareiro a gás dão conta do recado! — Marília sorria pra ela de forma amigável. E completou: — Temos tudo o que a civilização pode nos oferecer, se as nossas necessidades forem poucas.

— Então foi aqui que você se escondeu? Por quê?

— Queriam me matar! Eu estava atrapalhando os planos dos poderosos.

Tide olhou em volta. O cavalete de pintura exibia um belo quadro. Algumas tintas espalhadas em volta denunciavam que Marília continuava a pintar.

— É seu? — Tide perguntou.

— É. Gostou?

— Soberbo! Essa luz da caverna, meio amarelada, meio avermelhada, deu um tom especial à tela.

— É, tudo o que pinto tem essa luz. E você, ainda pintando?

— Pouco, não tenho a sua técnica! — abraçou a cintura da amiga.

Marília sorriu.

— Me conta como você estava atrapalhando os planos dos poderosos?

— Pelo seu relato, você esteve cara a cara com o maior traficante do Peru, Carlos Ramirez, dentro da minha casa.

— Carlos Ramirez? Quer dizer...

— Quero dizer que a casa era minha até ser invadida pelos traficantes, mas a neta não era a minha. Provavelmente era a filha do Ramirez. Ou seja, aquele Oscar que você conheceu não era meu filho, era Ramirez.

— Então quem foi assassinado no restaurante em Aguas Calientes não foi Oscar, mas Ramirez! — Tide exclamou, feliz.

— Verdade? Ramirez morreu?

— Na minha frente! Envenenado pelo turista inglês.

— Que turista inglês?

Tide explicou exatamente o que tinha acontecido na hora em que Ramirez comeu a primeira garfada.

— Deve ter sido o pessoal do tráfico internacional. Depois que alguns países da América do Sul liberaram as drogas, as vendas no Peru dispararam. Eles distribuem para a Europa inteira, mais os Estados Unidos e o resto do mundo. Tinha muito urubu de olho no Ramirez, além de muito dinheiro, ele detinha muito poder. Então, o que aconteceu é normal no mundo do crime.

— Normal? O cara morreu na minha frente. Não tô acostumada com isso.

— Ora, Tide, parece até que você não lê jornal. Mas você não sabe o que a morte do Ramirez significa! – Marília subitamente pareceu feliz.

— O quê?

— Significa que agora posso recuperar a minha casa. Que posso encontrar meu filho! E que pode ser que as drogas venham a ser liberadas. Aí acaba com essa máfia. Aí acaba com os cartéis. O problema agora é só Efigênia.

— E quem é Efigênia afinal?

— Mulher de Ramirez! Perigosa! Pior do que o marido. Mata sem pena! O pai dela era o famoso chefão da máfia peruana até morrer. Com a morte de Ramirez agora, a família de Efigênia tá com a faca e o queijo na mão outra vez.

— Ramirez e Efigênia são brasileiros?

— Efigênia sim, tanto que ela trabalha em companhia aérea brasileira. Acho até que trabalha lá só pra controlar a rota das drogas no Brasil. Na verdade, ela não precisa de dinheiro. E Ramirez era o dono da rota do tráfico entre o Brasil e Peru. Apesar de peruano, fala um bom português por causa da mulher.

— Então você mesma forjou a sua própria morte!?

— Era a única coisa sensata a fazer. Eu e Oscar estávamos sendo perseguidos pelo tráfico. Eles queriam mudar a rota de saída das drogas e tiveram a brilhante ideia de se mudar para Paititi.

— Entendi. Nada melhor do que uma cidade perdida no mapa. Sem polícia, sem pistas, sem nada.

— E mais, uma cidade perdida cujas chaves dão poder incondicional a quem as possuir.

— É verdade! Se bem que eu ainda não acredito muito nisso.

— Você já viu os portais?

— Vi — Tide se lembrava nitidamente dos últimos acontecimentos.

— Então como pode não acreditar?

— Sim, querida, mas no que eu acredito, a essa altura do campeonato, não tem o menor valor. Vamos aos fatos.

— Nós tínhamos as doze chaves, e Consuelo, que é arqueóloga, tinha descoberto a décima terceira numa escavação recente, a principal e também a mais cobiçada pelo tráfico.

— E então vocês combinaram de enviar pra mim.

— Mais ou menos isso. As coisas foram acontecendo até chegar em você. Queríamos alguém neutro e confiável fora do Peru. Quer um chá?

— Se tiver camomila, vou adorar! Estou um pouco nervosa.

Marília preparava o chá, colocando sobre a pequena mesa de centro um pão de forma e um pedaço de queijo. Quando se sentaram, as duas se olharam e um longo papo sobre o passado aconteceu. Falaram sobre a década de 70. E então Tide ficou sabendo que Marília tinha fugido pro Peru por causa da ditadura militar.

— Tudo por causa de um quadro meu que ficou famoso. Acharam que ele incitava a população a pegar em armas.

— Eu não soube de nada disso. Você simplesmente sumiu, desapareceu. Eu não conhecia a sua família, não sabia onde te procurar.

— Foi uma época complicada. Cheguei no Peru quase exilada, sem dinheiro, fugida. Não conhecia ninguém até que o pai de Oscar apareceu na minha vida. Dois anos depois, estava casada. A ditadura demorou mais de vinte anos, então resolvi esquecer o Brasil e ficar por aqui mesmo. Sempre tive muita saudade de todos e de você. Quanta vida vivemos até aqui, minha amiga! — Marília estava novamente com aquele ar inocente que cativava a todos

— Três décadas, Marília, é muita coisa.

— É, eu sei.

— E a sua morte, querida, como foi?

— Oscar e eu encontramos uma mulher morta no IML daqui que correspondia mais ou menos ao meu tipo físico. Era só pintar o cabelo dela, deixar que o mar a desfigurasse e pronto, estava tudo resolvido, eu sumia.

— Mas tinha que ser assim?

— Não podia ser diferente. Os donos dos cartéis do tráfico queriam se apossar das chaves e as ameaças de morte chegavam todos os dias. Eu era o alvo preferido porque corre o boato de que sou sensitiva e poderia mais facilmente impedir que eles abrissem os portais.

— Então, onde está seu filho?

— Não sei! Depois que morri, Oscar desapareceu. Não sei se foi sequestrado ou se escondeu.

— Surpreendente. Nada é o que parece ser.

— Pois é! Oscar soube que Consuelo havia passado pra você a chave principal de Paititi. Muito inteligente da parte dela, já que no Brasil ficava mais difícil pro Ramirez.

— E então...

— Bem, então, no dia seguinte, Oscar enviou a você as doze chaves que faltavam e que para nós, sem a principal, não adiantava de nada.

— Mas se Consuelo tinha a chave principal e Oscar as demais, porque vocês mesmos não ficaram com elas?

— Não queríamos entrar em Paititi, mas protegê-la dos traficantes, da rota que eles queriam fazer. As chaves em nosso poder estavam ao alcance deles. Então, quando Oscar enviou a você achamos que estava tudo resolvido, que as chaves estavam protegidas e que você as guardaria. Mas agora vem o mais louco da história. Ramirez soube de tudo isso através do Carlos, nosso mordomo. Então Ramirez enviou a você as passagens pra que você trouxesse pra ele, diretamente pra minha casa, as treze chaves. Foi muito esperto.

— Então, a caixa que recebi com as chaves eram do Oscar e a carta com as passagens eram do Ramirez? Mas sabe que em nenhuma das duas eu consegui ler o sobrenome Torres?

— Oscar tem uma letra horrível.

— Agora eu percebo. Ramirez tentou imitar a letra do Oscar, mas estava em dúvida do sobrenome. Por isso gaguejou quando eu perguntei.

— Enfim, se bem entendi, Ramirez colocou o nome do Oscar como remetente das passagens. Então, seria óbvio que você nem suspeitaria que houvesse mais alguém por trás que não fosse Oscar.

— Por isso Ramirez se apossou da casa... Ele queria me fazer acreditar que ele era o seu filho.

— Exatamente. Tudo deveria parecer normal pra que você caísse na cilada e entregasse a ele, de mão beijada, as treze chaves.

— Impressionante como ele se saiu bem. Em nenhum momento desconfiei de nada. Ele me pareceu um intelectual criado por um avô realmente amigo do Bighman.

— Ramirez estudou, não é um qualquer. Inteligente, cauteloso, coloca todo mundo no bolso e sabe o que quer. Ele conhece meu filho desde pequeno, os dois brincavam na escola que ambos frequentavam. Na adolescência, se afastou um pouco, mas mesmo assim frequentava a nossa casa. Acho que sabia de toda a nossa vida. E quando Carlos deu com a língua nos dentes, facilitou ainda mais. Ramirez tinha tudo pra dar certo. Houve uma época em que ele era um excelente guia turístico. Mas ele não estava interessado em nada disso, de verdade. Queria muito dinheiro, acabou casando com a Efigênia e mais a família dela, não deu outra. Hoje em dia o tráfico lhe rende diariamente uma verdadeira fortuna.

— Então, no último jantar em que Ramirez morreu, ele podia ter me tirado as chaves à força.

— Não era bem o estilo dele. Seria mais fácil inventar mais uma mentira pra fazer você abrir os portais. Reza a lenda que quem tem o coração corrompido não consegue abrir. Só os ingênuos e desavisados, como você, poderiam. Não ouviu falar sobre o padre? Dizem que ele era um santo, um ser puro. Ele entrava e saía de Paititi como nós duas entramos e saímos desta caverna.

— A polícia está envolvida, não está? Alguns policiais falam muito mal de você. Me disseram que você e o Oscar foram assassinados porque mereciam. Fiquei chocada quando ouvi isso.

— Alguns devem estar envolvidos, sim. Você sabe como o tráfico se mantém aqui e no Brasil, tudo através de propina. Mas eu também não sou nenhuma santinha. Andei fazendo algumas coisas que importunaram muita gente. Vendi no estrangeiro muito material retirado das escavações.

— Mesmo? Por quê? Dilapidar o patrimônio de um povo inteiro? Deve ter sido por um bom dinheiro.

— Com certeza...

Tide sabia que no fundo se sentia incomodada com as revelações de uma ladra fina. E pensar que ouvia isso de Marília.

— Não sei se você vai conseguir me entender. Claro que fiz pelo dinheiro, mas fiz também porque no estrangeiro as peças são mais protegidas do que aqui.

— Aqui não dão valor?

— Agora é que estão começando a acordar pra isso. Até então roubavam demais, quando não destruíam verdadeiras preciosidades. Como você sabe, Consuelo é arqueóloga e eu...

— Sensitiva! Ela escavava e você achava, não é?

— Um pouco, não tanto quanto eu gostaria. Na verdade, eu ia dizer artista. Reconheço quando há valor numa arte. Me dói o coração ver toda a história da arte ser prejudicada por descaso dos governantes. Por isso, quando eu vendo uma obra para um colecionador, sei que ele dará o devido valor e a protegerá como se fosse um filho.

Tide ouvia.

— Depois que me mudei pro Peru senti que estava destinada a viver aqui. Minha mente mudou, recebi muita informação sobre os incas através de sonhos, enfim, a compreensão que tenho da vida hoje em dia é outra. Sim, me tornei uma sensitiva. Aqui descobri minhas raízes. Eu tenho um passado inca. Conheço Machu Picchu como a palma da minha mão porque vivi aqui entre as *acllas* na época do império.

Sorveu um pouco de chá e continuou:

— Quero dizer que, pra mim, o tempo e o espaço são relativos. Saber que tudo isso já me pertenceu, mesmo que em outra vida, me deixa à vontade pra dar um melhor destino a essa riqueza que existe em cada sopro de arte andina.

— Não sei a seu respeito, querida. A verdade pra mim é que é relativa, depende de cada um. Você acredita em outras vidas, outros não. Mas eu tenho a minha verdade. E nela tem coisas que há muito tempo resolvi. Não sou ladra, nem assassina. Não sou confusa, nem dou mole pra gente que não vale a pena. O mundo já está muito infeliz, não quero contribuir. Não importa se você viveu aqui outras vidas. O que importa é que esse tesouro valioso pertence a este povo hoje e deve ficar aqui.

— Bem, então vamos deixar eles decidirem. Isso não cabe a você. Um dia me prendem e, pronto, vou a julgamento — Marília levantou de repente e deu as costas pra Tide.

— Me lembrei do santuário com a Nossa Senhora do Rosário, que você mandou fazer por causa de um sonho.

— Mesmo? Não sei do que você está falando.

— Um pequeno santuário que está na mesa da sala da sua casa.

— Não conheço. Deve ter sido alguma armação do Ramirez pra cima de você.

Tide parou, engoliu um pouco do chá que mantinha na boca, esperando esfriar, comeu um pedaço de queijo e ficou pensando a seu próprio respeito e a facilidade com que se envolvia nas mentiras dos outros.

Marília se voltou com o rosto já tranquilo.

— Quer mais chá?

— Não, obrigada! A polícia sabe que Ramirez se passava pelo Oscar na sua casa?

— Acho que não. A não ser que o Carlos, o nosso mordomo, depois da morte de Ramirez, tenha dado queixa. O que não acredito. Carlos é um comprado e morre de medo da Efigênia.

— Carlos era seu mordomo?

— Um faz-tudo, mais que um mordomo. E um grande mau-caráter. Ganhou muito dinheiro pra levar as informações do que acontecia dentro da minha casa para Ramirez.

— E você não sabia?

— Ninguém desconfiava. Mas realmente é terrível ter um traidor dentro da sua própria casa.

— Que pena! O ceviche dele era divino!

— Ainda bem que não estava envenenado. Afinal, você teve sorte. Entrou num ninho de cobras e saiu sem nenhuma mordida.

— Todo mundo acha que você morreu?

— Todo mundo, inclusive Consuelo e Rumi. Os únicos que sabem a verdade são você e o Oscar.

— Que responsabilidade!

— Bem, querida, acho melhor você dormir aqui. A essa hora todas as casas de Pusharo estão sob a mira da polícia ou do pessoal do tráfico. Tenho até medo quando isso acontece por causa da minha neta.

— Sua neta é filha de Consuelo com Oscar?

— Sim, única neta do único filho. Mas eles moram separados. Consuelo não sai de Pusharo e Oscar adora Barranco.

Tide ficou em silêncio. Sua mente fervilhava.

— Não sei o que fazer, Marília.

— Você deve retornar ao Brasil o mais depressa possível, levando as treze chaves.

— Mas nem no Brasil estarei segura com elas. Elas não cabem na minha vidinha pacata.

— Então, querida, vamos ter que bolar um jeito de resolver logo isso. Aliás, posso ver a décima terceira maravilha? Até hoje não vi o jogo completo. Como disse, a principal estava em Pusharo e as outras doze estavam em Barranco.

XVII

SÓ QUEM JÁ DORMIU NUMA caverna conhece os ruídos. No meio da noite, alguns morcegos e outros bichos voadores e rasteiros entravam, mas não se sentiam acolhidos por causa da pequena fogueira ao centro e por causa das ervas que Marília deixava queimando a noite inteira. Eram ervas que certamente espantavam os bichos, porque quando Tide acordou parecia estar numa suíte de hotel cinco estrelas. Um pouco por causa da brisa que varria o calor pra bem longe e um pouco pela limpeza do ambiente, como se alguém tivesse acabado de escovar as pedras e lavar o chão e o teto com bastante detergente. De manhã, tudo brilhava.

— Bom dia, minha querida, dormiu bem?
— Como um anjo.

— O nosso café está pronto, ali no bule, e temos um pedaço de pão de aveia e um queijo suíço. Você gosta?

— Claro que gosto!

Depois do café, Tide colocou sua roupa andina. Apesar do calor, era vestida assim que ela se sentia mais segura e seria facilmente confundida com as nativas. Despediu de Marília e caminhou a pé em direção a Ollantaytambo. Pusharo ficaria como uma cidade que viria a visitar outro dia, numa outra oportunidade. Seguia o mapa que a amiga tinha feito pra ela. Levaria quase um dia de caminhada, mas era mais seguro se embrenhar na floresta e subir algumas montanhas menos íngremes.

Dessa vez não havia Rumi nem a flauta mágica. Havia apenas um bocado de terra batida, um bocado de mato, de subidas e descidas, de bota de escalada nos seus pés fracos, de roupa pesada e quente, de cantil, capa de chuva de plástico, guarda-chuva e treze chaves.

Percebia nitidamente que não poderia jamais se afastar do rio. Ele era o ponto de referência principal pra não se perder na selva. Vez ou outra parava, descansava, lavava o rosto na água super-revigorante dos Andes. Mascava um pouco de folhas de coca, que Marília havia lhe dado. Enquanto caminhava, o rosto de Juju tomava proporções enormes.

Na verdade, estava metida nessa enrascada por causa de meninas como ela. Não culpava Juju de nada, mas culpava o tráfico, os homens que roubavam a alma dos outros sem piedade. E jogavam na criminalidade crianças como ela. Em outros países da América do Sul, as drogas não só tinham sido liberadas como tinham uma importância primordial no PIB. Bandido pagando imposto é que é o verdadeiro castigo. Bandido virando empresário, calculando folha de pagamento, assumindo responsabilidades, aí sim é que seria o máximo. Riu de seus pensamentos, pulando distraidamente sobre uma pedra enorme. Escalava com cuidado, havia um pequeno precipício aos seus pés, mas não queria abandonar o caminho entre o rio e a floresta. Precisava dos dois pra sobreviver.

Pensava também no que podia ter acontecido com o filho da Roberta e do Zé Carlos. Um adolescente em busca de aventura, um menino talvez protegido demais, o oposto da Juju, que certamente não conhecia os maus-tratos que se pode sofrer fora de casa. Talvez tenha se perdido também por causa das drogas, ou apenas sido vítima de alguma maldade. E ficou meio aturdida com o destino dessa juventude hoje. Mas sabia que o maior prejuízo era tratar as drogas como algo proibido. Isso só atraía os jovens e criava os cartéis.

No alto da pedra parou. Parecia que alguém a seguia de longe. Apurou a vista para além do vale e viu realmente um ponto que se deslocava. Era um menino vestido com roupas indígenas. De repente acenou pra ela. No início fingiu que não viu, mas depois do quinto aceno levantou o braço e sorriu. Um segundo depois estava cercada por cinco indígenas, todos com o rosto pintado, todos com os olhos sorridentes, olhando como se ela fosse uma peça rara.

— Quem são vocês?

— Eu sou xamã, amigo do José. Nos conhecemos no encontro dos xamãs em Machu Picchu. Lembra? Você não é Violeta? — um deles se adiantou.

Tide lembrou que estava com a mesma roupa peruana e riu.

— E os outros? — ela perguntou.

— Não são xamãs, são nativos de Pusharo.

— Você é brasileiro?

— Sou da tribo dos ianomâmis, Amazônia pelo lado brasileiro. Estou aqui porque José me chamou. Queremos que venha com a gente.

Tide olhou pro céu esperando um sinal, um aviso. Uma pequena nuvem passava, mas não valia a pena perder tempo com isso. Apenas uma águia sobrevoava cantando livre.

— Tenho que chegar a Ollantaytambo — ela finalmente falou.

— Levaremos você mais tarde. Não tenha medo — e fez um sinal pra um dos índios mais parrudos levantar Tide no ar.

— Me bota no chão! — ela berrava.

— Vamos! — o xamã falou sem se importar com os berros.

Uma hora depois chegaram numa clareira no meio da selva. Havia uns dez xamãs reunidos e mais José. Esmeralda estava entre eles. Ela estava entre as quatro mulheres que faziam parte do grupo. Todas eram muito bonitas, inclusive as que deviam ter mais ou menos a idade de Tide. Mas Esmeralda parecia ser a mais especial.

— Tide, minha velha amiga! — José chegou perto.

— Todo mundo agora vive puxando o meu saco! — Tide escovava a roupa com as mãos, assim que desceu no chão, irritada, cansada e sem nenhuma vontade de ser chamada de amiga.

José riu.

— O que você quer, José?

— As treze chaves!

— Não acredito! Até você! Um xamã! Não tem vergonha de me roubar? As chaves são do povo de Paititi.

— Nós, xamãs, somos o povo de Paititi — Esmeralda se adiantou. Estava realmente linda. Até seu olhar tinha uma qualidade mágica que Tide nunca tinha experimentado na presença de ninguém.

Esmeralda continuou:

— Somos o povo de Paititi que ficou do lado de fora dos portais pra ajudar aqueles que perderam a sabedoria dos ancestrais!

Tide parou. Sentia a força da verdade que ela falava. Realmente as treze chaves pertenciam ao El Dorado.

— Queremos voltar para Paititi. Se você quiser vir, será nossa convidada.

— Ei, espera aí, apenas eu tenho as chaves. Na verdade, só entra em Paititi quem eu deixar. Então, os convidados são vocês.

— Isso podemos testar agora. Este é o lugar onde um dos portais pode ser acionado. Foi aqui que Santuário surpreendeu você e o Rumi quando os portais quase se alinharam.

— Você viu? Estava aqui, escondida com o meu povo. Estávamos dispostos a te ajudar se o Santuário realmente ficasse com as chaves.

— Então, se bem entendi, havia três grupos interessados nas treze chaves. Aquele que você chama de seu povo, os xamãs.

— Sim.

— O povo de Consuelo e Rumi da cidade de Pusharo...

— Sim.

— Os traficantes que queriam levar a rota pra Paititi?

— Sim. E mais um quarto, o da sua amiga, Marília, que estava interessada no dinheiro, nas joias e nas preciosas escavações.

— Entendi finalmente. Por isso nada se encaixava. Era muita gente. Mas por que vocês precisam tanto de Paititi?

— Porque sem o nosso povo é como se a gente ainda não tivesse nascido. Como se a gente esperasse pelo conhecimento que não vem. O conhecimento que esquecemos. Os xamãs precisam da sabedoria ancestral pra poder ajudar, pra poder alimentar os fracos, os pobres, os miseráveis.

— No fundo vocês também só pensam no dinheiro. Vocês querem ter acesso aos tesouros de Paititi com a desculpa de alimentar os pobres e miseráveis. Que, aliás, continuarão pobres e miseráveis se sempre tiver alguém alimentando eles.

— Não, não... Quando falamos de pobres e miseráveis, falamos apenas da falta de riqueza interior, da falta do conhecimento que podemos adquirir com a nossa propria jornada. No estado em que ainda nos encontramos, nós somos os pobres e miseráveis. Precisamos do conhecimento das civilizações maravilhosas que vieram antes de nós e que compreendiam muito mais do que compreendemos hoje. O dinheiro, as joias não nos interessam. Aliás, você pode ficar com elas.

Em volta todos concordaram.

— Por favor, Tide, abra os portais. Não iremos todos, só os xamãs, os outros ficarão com você para sua proteção. Faça o que quiser, nós seremos imensamente gratos a você pra sempre.

De dentro da bolsinha de viagem uma luz amarela surgiu. Era como se a barriga de Tide toda se iluminasse.

Ela abriu a bolsinha e as trezes chaves flutuaram no ar sozinhas. Nunca tinha visto nada parecido. A mesma pedra negra enorme apareceu diante dos olhos de todos. Tide pegou a chave principal e enfiou na ranhura do primeiro portal. Mais doze portas semelhantes então se encaixaram esperando que ela introduzisse em cada uma a chave correspondente. Dessa vez as portas eram consistentes e ela podia pegar. Introduziu chave por chave e cada portal abriu despejando sobre todos uma luz dourada e intensa. No portal principal, o guardião do fogo abriu a boca envolvendo a todos num círculo de fogo que não queimava. Era a primeira vez que Tide experimentava um fogo frio, que de amarelo passou a branco, como fumaça. Todos entraram nos portais, menos ela. Estava em dúvida se abdicava da sua vida pacata e se enfiava num mundo que não lhe pertencia. Num lapso de vontade, olhava José, que sorria feliz. Esticou as mãos com as chaves e entregou o molho para Esmeralda exatamente no momento em que as luzes, o fogo, o guardião, as chaves, os portais, tudo desapareceu.

Nada mais havia ali na clareira. Apenas ela, cinco indígenas e o chapéu que José, no último momento, retirou da cabeça.

XVIII

QUANDO CHEGOU AO RIO, o aeroporto estava cheio, mas sossegado. Semelhante ao sossego que ela sentia ao desembarcar em casa, finalmente. Aliás, a que chegava não era a mesma que havia partido. Vinte dias em Machu Picchu pareciam equivaler a uns vinte anos, mais ou menos.

Pegou um táxi. Cansada, estirou a perna esquerda que doía e dormiu durante o longo trecho interrompido pelo trânsito. Quando acordou, já estava na porta do prédio. Severino ajudou com a bagagem. Trazia dentro de si uma nova sabedoria. E trazia dentro da mochila a roupa andina como souvenir.

Dentro do apartamento soube das notícias. Marília havia lhe escrito uma carta, que ela abriu depois de colocar a mochila no sofá.

"Querida Tide, Oscar reapareceu. Ele e Consuelo resolveram morar juntos, até que enfim, em Pusharo com Rumi e Carolina. Eu voltei pra casa, apesar de me sentir quase sempre ameaçada pelos poderosos do tráfico. A rota para Paititi virou sonho esquecido. Mesmo porque alguns indígenas viram você entregando as chaves pra um dos xamãs que atravessaram os portais e ninguém mais fala nisso.

Penso em ir para o Brasil em breve. Ainda tenho um apartamento perto de você. Venha me visitar assim que eu chegar aí. O endereço segue atrás.

Você saiu tão depressa que nem pude lhe dar uma bela escultura inca encontrada em Machu Picchu. Não tem importância, eu a levarei comigo.

Oscar manda lembranças. E eu envio aqui uma foto da nossa família. Assim nunca mais nenhum Oscar desconhecido vai se enfiar na sua vida dizendo que é meu filho.

Ah, e tem mais. Pensei muito no que você me falou. Resolvi abrir uma Fundação para proteção da riqueza da civilização inca. Assim, de agora em diante, tudo aquilo que for encontrado nas escavações, e que o governo não conseguir proteger, a Fundação protegerá como patrimônio de todos. A Fundação será patrocinada por um grupo internacional de proteção à arte. Devo essa a você.

Até qualquer dia.
Beijo,
Marília"

Tide levantou lentamente. Estava cansada, mas o corpo não doía. Talvez acompanhasse a alegria de uma alma leve. Tinha vivido coisas que não podia contar porque ninguém ia acreditar. Dessa vez o bandido tinha morrido. Dessa vez, não se sentia na obrigação de pensar se havia agido certo. Estava em paz e feliz.

Abriu a porta do quarto. Em cima da cômoda a caixinha de joias parecia pequena perto da quantidade de preciosidades que havia em Paititi. Abriu e colocou dentro dela a carta de Marília. Quando ia colocar junto as treze chaves, parou, lembrando da conversa que tinha tido com o chaveiro perto de casa antes de voar pra Lima.

— Quer dizer que o senhor não tem esse tipo de metal pra copiar as chaves?

— Não tenho, é muito antigo, mas posso ter. A senhora me dê um dia, venha pegar amanhã. Vou fazer de um jeito que ninguém vai conseguir dizer qual é a falsa e qual é a verdadeira.

— Mas tem que ser amanhã mesmo, porque depois de amanhã vou viajar pro Peru.

— Pode deixar, Dona Judith, me lembrei de um antigo cofre de banco que abri há muitos anos. O metal é muito parecido. Vou ver o que posso fazer.

— E funciona?

— Funciona? Claro que funciona! Vai ficar uma beleza.

Deitou na cama, olhava o teto como se fosse a Cordilheira dos Andes. Tinha levado na viagem as chaves falsas, e nesse instante estava deslumbrada com a capacidade do chaveiro em copiar algo tão complicado com tanta fidelidade. Talvez não fosse apenas pelas treze chaves, talvez tudo tivesse acontecido pela força da vontade dos xamãs. De uma forma ou de outra, as treze portas se encaixaram como os sentimentos se encaixavam agora dentro dela.

De repente, nascia nela um jeito novo de seguir em frente. O barulho dos carros embaixo, mais o som estridente provocado pela quantidade de gente que vivia em volta, imprimiam em seu coração uma estranha vontade.

— Quem sabe convenço meu filho, minha nora e meus netos e vamos todos viver uma nova vida na cidade perdida. E, se eles não quiserem, quem sabe um dia acordo mais destemida e me mudo sozinha pra Paititi.

Sorriu feliz, com as chaves entre os dedos, e dormiu.

Este livro foi composto na tipologia
Sabon LT Std, em corpo 11,5/16, e impresso
em papel off-white no Sistema Cameron da
Divisão Gráfica da Distribuidora Record.